U0522581

毕淑敏

大家经典

送你一颗光芒之海

毕淑敏 著

山东文艺出版社

图书在版编目（CIP）数据

送你一颗光芒之海:毕淑敏经典散文/毕淑敏著.—济南：山东文艺出版社,2019.5
ISBN 978-7-5329-5839-9

Ⅰ.①送… Ⅱ.①毕… Ⅲ.①散文集—中国—当代 Ⅳ.①I267

中国版本图书馆 CIP 数据核字(2019)第 044746 号

送你一颗光芒之海
毕淑敏经典散文
毕淑敏 著

主管单位	山东出版传媒股份有限公司
出版发行	山东文艺出版社
社　　址	山东省济南市英雄山路 189 号
邮　　编	250002
网　　址	www.sdwypress.com

读者服务	0531-82098776(总编室)
	0531-82098775(市场营销部)
电子邮箱	sdwy@sdpress.com.cn

印　　刷	山东临沂新华印刷物流集团有限责任公司
开　　本	880 毫米×1230 毫米　1/32
印　　张	8.5
字　　数	180 千
版　　次	2019 年 5 月第 1 版
印　　次	2021 年 1 月第 5 次印刷
书　　号	ISBN 978-7-5329-5839-9
定　　价	39.00 元

版权专有，侵权必究。如有图书质量问题，请与出版社联系调换。

目 录

第一编
风不能把阳光打败

003 | 提醒幸福
008 | 精神的三间小屋
012 | 爱怕什么
016 | 造心
020 | 切开忧郁的洋葱
024 | 珍惜愤怒
026 | 拒绝分裂
032 | 人生有三件事不可俭省
034 | 柔和
037 | 心理拒绝创可贴
044 | 紧张
051 | 保持惊奇
056 | 行使你的拒绝权
061 | 你站在金字塔的第几层
066 | 你要学着自己强大
070 | 坦言——心灵的力量
076 | 爱的回音壁
079 | 千头万绪是多少
085 | 蚕是被自己的丝裹住的
089 | 每天都冒一点险
093 | 谈怕

第二编
我在寻找那片野花

099 | 我很重要
103 | 附耳细说
107 | 教养的证据
111 | 我在寻找那片野花
115 | 你是否需要预知今生的苦难
119 | 没有一棵小草自惭形秽
122 | 世界上最缓慢的微笑
129 | 谁是你的重要他人
133 | 药是一把斧

| 136 | 优点零
| 138 | 阅读是一种孤独
| 141 | 第100号蛇酒罐
| 145 | 永别的艺术
| 149 | 我的五样
| 154 | 盲人看
| 157 | 青虫之爱
| 162 | 寻觅优秀的女人
| 167 | 握紧你的右手
| 170 | 素面朝天
| 173 | 做自己身体的朋友
| 176 | 因为柔软,所以更需要智慧
| 180 | 女人什么时候开始享受
| 183 | 发出声音永远是有用的
| 186 | 抱着你,我走过安西
| 208 | 家庭幸福预报
| 212 | 孝心无价

第三编
送你一颗光芒之海

| 217 | 铁马冰河入梦来
| 224 | 昆仑之吃
| 231 | 信使
| 236 | 葵花之最
| 240 | 带上灵魂去旅行
| 244 | 旅行使我们谦虚
| 246 | 总有风景打动你
| 249 | 送你一颗光芒之海
| 257 | 玛瑙人
| 263 | 冻顶百合

第一编

风不能把阳光打败

提醒幸福

我们从小就习惯了在提醒中过日子。天气刚有一丝风吹草动，妈妈就说，别忘了多穿衣服。才相识了一个朋友，爸爸就说，小心他是个骗子。你取得了一点成功，还没容得乐出声来，所有关切着你的人一起说，别骄傲！你沉浸在欢快中的时候，自己不停地对自己说，千万不可太高兴，苦难也许马上就要降临……

我们已经习惯于提醒，提醒的后缀词总是灾祸。灾祸似乎成了提醒的专利，把提醒也染得充满了淡淡的贬义。

我们已经习惯了在提醒中过日子。看得见的恐惧和看不见的恐惧始终像乌鸦盘旋在头顶。

在皓月当空的良宵，提醒会走出来对你说，注意风暴。于是我们忽略了皎洁的月光，急急忙忙做好风暴来临的一切准备。当我们大睁着眼睛枕戈待旦之时，风暴却像迟归的羊群，不知在哪里徘徊。当我们实在忍受不了等待灾难的煎熬时，我们甚至会恶意地祈盼风暴早些到来。

在许多夜晚，风暴始终没有降临。我们辜负了冰冷如银的月光。

　　风暴终于姗姗地来了。我们怅然发现，所做的准备多半是没有用的。事先能够抵御的风险毕竟有限，世上无法预计的灾难却是无限的。战胜灾难靠的更多的是临门一脚，先前的惴惴不安帮不上忙。

　　当风暴的尾巴终于远去，我们守住零乱的家园。气还没有喘匀，新的提醒又智慧地响起来，我们又开始对未来充满恐惧的期待。

　　人生总是有灾难。其实大多数人早已练就了对灾难的从容，我们只是还没有学会灾难间隙的快活。我们太多注重了自己警觉苦难，我们太忽视提醒幸福。

　　请从此注意幸福！

　　幸福也需要提醒吗？

　　提醒注意跌倒……提醒注意路滑……提醒受骗上当……提醒荣辱不惊……先哲们提醒了我们一万零一次，却不提醒我们幸福。

　　也许他们认为幸福不提醒也跑不了的。也许他们以为好的东西你自会珍惜，犯不上谆谆告诫。也许他们太崇尚血与火，觉得幸福无足挂齿。他们总是站在危崖上，指点我们逃离未来的苦难。

　　但避去苦难之后的时间是什么？

　　那就是幸福啊！

　　享受幸福是需要学习的，当幸福即将来临的时刻需要提醒。人可以自然而然地学会感官的享乐，人却无法天生地掌握幸福的韵律。灵魂的快意同器官的舒适像一对孪生兄弟，时而相傍相依，时而南辕北辙。

幸福是一种心灵的震颤。它像会倾听音乐的耳朵一样，需要不断的训练。

简言之，幸福就是没有痛苦的时刻。它出现的频率并不像我们想象的那样少。人们常常只是在幸福的金马车已经驶过去很远，捡起地上的金鬃毛说，原来我见过它。

人们喜爱回味幸福的标本，却忽略幸福披着露水散发清香的时刻。那时候我们往往步履匆匆，瞻前顾后不知在忙着什么。

世上有预报台风的，有预报蝗虫的，有预报瘟疫的，有预报地震的。没有人预报幸福。

其实幸福和世界万物一样，有它的征兆。

幸福常常是朦胧的，很有节制地向我们喷洒甘霖。你不要总希冀轰轰烈烈的幸福，它多半只是悄悄地扑面而来。你也不要企图把水龙头拧得更大，使幸福很快地流失。而需静静地以平和之心，体验幸福的真谛。

幸福绝大多数是朴素的。它不会像信号弹似的，在很高的天际闪烁红色的光芒。它披着本色的外衣，亲切温暖地包裹起我们。

幸福不喜欢喧嚣浮华，常常在暗淡中降临。贫困中相濡以沫的一块糕饼，患难中心心相印的一个眼神，父亲一次粗糙的抚摸，女友一个温馨的字条……这都是千金难买的幸福啊。像一粒粒缀在旧绸子上的红宝石，在凄凉中愈发熠熠夺目。

幸福有时会同我们开一个玩笑，乔装打扮而来。机遇、友情、成功、团圆……它们都酷似幸福，但它们并不等同于幸福。幸福会借了它们的衣裙，袅袅婷婷而来，走得近了，揭去帷幔，才发觉它有钢铁般的内核。幸福有时会很短暂，不像苦难似的笼罩天空。如果把人生的苦难和幸福分置天平两端，苦难体积庞大，幸福可能只是一块小小的矿石。但指针一定要向幸福这一侧倾斜，因为它有生命的黄金。

幸福有梯形的切面，它可以扩大也可以缩小，就看你是否珍惜。

我们要提高对于幸福的警惕，当它到来的时刻，激情地享受每一分钟。据科学家研究，有意注意的结果比无意要好得多。

当春天的时候，我们要对自己说，这是春天啦！心里就会泛起茸茸的绿意。

幸福的时候，我们要对自己说，请记住这一刻！幸福就会长久地伴随我们。

那我们岂不是拥有了更多的幸福！

所以，丰收的季节，先不要去想可能的灾年，我们还有漫长的冬季来得及考虑这件事。我们要和朋友们跳舞唱歌，渲染喜悦。既然种子已经回报了汗水，我们就有权沉浸幸福。不要管以后的风霜雨雪，让我们先把麦子磨成面粉，烘一个香喷喷的面包。

所以，当我们从天涯海角相聚在一起的时候，请不要踌躇片刻后的别离。在今后漫长的岁月里，有无数孤寂的夜晚可以独自品尝愁绪。现在的每一分钟，都让它像纯净的酒精，燃烧成幸福的淡蓝色火焰，不留一丝渣滓。让我们一起举杯，说，我们幸福。

所以，当我们守候在年迈的父母膝下时，哪怕他们鬓发苍苍，哪怕他们垂垂老矣，你都要有勇气对自己说，我很幸福。因为天地无常，总有一天你会失去他们，会无限追悔此刻的时光。

幸福并不与财富地位声望婚姻同步，它只是你心灵的感觉。

所以，当我们一无所有的时候，我们也能够说，我很幸福。因为我们还有健康的身体。当我们不再享有健康的时候，那些最勇敢的人可以依然微笑着说，我很幸福。因为我还有一颗健康的心。甚至当我们连心都不再存在的时候，那些人类最优秀的分子仍旧可以对宇宙大声说，我很幸福。因为我曾经生活过。

常常提醒自己注意幸福，就像在寒冷的日子里经常看看太阳，心就不知不觉暖洋洋亮光光。

精神的三间小屋

面对那句"人的心灵,应该比大地、海洋和天空都更为博大"的名言,自惭形秽。我们难以拥有那样雄浑的襟怀,不知累积至那种广袤,需如何积攒每一粒泥土,每一朵浪花,每一朵云霓。

甚至那句恨不能人人皆知的中国古话——宰相肚里能撑船,也让我们在敬仰之余,不知所措。也许因为我们不过是小小的草民,即便怀有效仿的渴望,也终是可望而不可即,便以位卑宽宥了自己。

两句关于人的心灵的描述,不约而同地使用了空间的概念。人的肢体活动,需要空间。人的心灵活动,也需要空间。那容心之所,该有怎样的面积和布置?

人们常常说,安居才能乐业。如今的城里人一见面,就问,你是住两居室还是三居室啊?……喔,两居室窄巴点,三居室虽说也不富余,也算小康了。

身体活动的空间是可以计量的,心灵活动的疆域,是否也可有个基本达标的数值?

有一颗大心，才盛得下喜怒，输得出力量。于是，宜选月冷风清竹木萧萧之处，为自己的精神修建三间小屋。

第一间，盛着我们的爱和恨。对父母的尊爱，对伴侣的情爱，对子女的疼爱，对朋友的关爱，对万物的慈爱，对生命的珍爱……对丑恶的仇恨，对污浊的厌烦，对虚伪的憎恶，对卑劣的蔑视……这些复杂而对立的情感，林林总总，会将这间小屋挤得满满，间不容发。你的一生，经历过的所有悲欢离合喜怒哀乐，仿佛以木石制作的古老乐器，铺陈在精神小屋的几案上，一任岁月飘逝。在某一个金戈铁马之夜，它们会无师自通，与天地呼应，铮铮作响。假若爱比恨多，小屋就光明温暖，像一座金色池塘，有红色的鲤鱼游弋，那是你的大福气。假如恨比爱多，小屋就阴风惨惨，厉鬼出没，你的精神悲戚压抑，形销骨立。如果想重温祥和，就得净手焚香，洒扫庭除。销毁你的精神垃圾，重塑你的精神天花板，让一束圣洁的阳光，从天窗洒入。

无论一生遭受多少困厄欺诈，请依然相信人类的光明大于暗影。哪怕是只多一个百分点呢，也是希望永恒在前。所以，在布置我们的精神空间时，给爱留下足够的容量。

第二间小屋，盛放我们的事业。

一个人从25岁开始做工，直到60岁退休，他要在工作岗位上度过整整35年的时光。按一日工作8小时，一周工作5天，每年就要为你的职业付出约2000个小时。倘若一直干到退休，那就大约是70000个小时。在这个庞大的数字面前，相信大多数人都会始于惊骇终于沉思。假如你所从事的工作，是你的爱好，这7万来个小时，将是怎样快活和充满创意的时光！假如你不喜欢它，漫长的7万来个小时，足以让花容磨损日月无光，每一天都如同穿着淋湿的衬衣，如芒在背。

我不晓得一下子就找对了行业的人能占多大比例。从大多数人谈到工作时乏味麻木的表情推算，估计这样的幸运儿不多。不要小觑了事业对精神的濡养或反之的腐蚀作用，它以深远的力度和广度，挟持着我们的精神，以成为它麾下持久的人质。

适合你的事业，不靠天赐，主要靠自我寻找。这不但是因为相宜的事业，并非像雨后白桦林的菌子一样，俯拾即是，而且因为我们对自身的认识，也是抽丝剥茧，需要水落石出的流程。你很难预知，将在18岁还是40岁甚至更沧桑的时分，才真正触摸到倾心的爱好。当我们太年轻的时候，因为尚无法真正独立，受种种条件的制约，那附着在事业外壳上的金钱地位，或是其他显赫的光环，也许会灼晃了我们的眼睛。当我们有了足够的定力，将事业之外的赘生物一一剥除，露出它单纯可爱的本质时，可能已耗费半生。然费时弥久，精神的小屋，也定需住进你所爱好的事业。否则，鸠占鹊巢，李代桃僵，那屋内必是鸡飞狗跳，不得安宁。

我们的事业，是我们的田野。我们背负着它，播种着，耕耘着，收获着，欣喜地走向生命的远方。规划自己的事业生涯，使事业和人生，呈现缤纷和谐相得益彰的局面，是第二间精神小屋坚固优雅的要诀。

第三间，安放我们自身。

这好像是一个怪异的说法。我们自己的精神住所，不住着自己，又住着谁呢？

可它又确是我们常常犯下的重大失误——在我们的小屋里，住着所有我们认识的人，唯独没有我们自己。我们把自己的头脑，变成他人思想汽车驰骋的高速公路，却不给自己的思维，留下一条细细羊肠小道。我们把自己的头脑，变成搜罗最新信息网罗八面来风的集装箱，却不给自己的发现，留下一个小小的储藏盒。我们说出的话，无论声音多么嘹亮，都是别的喉咙嘟囔过的。我们发表的意见，无论多么周全，都是别的手指圈画过的。我们把世界万物保管得好好的，偏偏弄丢了开启自己的钥匙。在自己独居的房屋里，找不到自己曾经生存的证据。

如果真是那样，我们精神的小屋，不必等待地震和潮汐，在微风中就悄无声息地坍塌了。它纸糊的墙壁化为灰烬，白雪的顶棚变作泥泞，露水的地面成了沼泽，江米纸的窗棂破裂，露出惨淡而真实的世界。你的精神，孤独地在风雨中飘零。

三间小屋，说大不大，说小不小。非常世界，建立精神的栖息地，是智慧生灵的义务，每人都有如此的权利。我们可以不美丽，但我们健康。我们可以不伟大，但我们庄严。我们可以不完满，但我们努力。我们可以不永恒，但我们真诚。

当我们把自己的精神小屋建筑得美观结实，储物丰富之后，不妨扩大疆域，增修新舍。矗立我们的精神大厦，开拓我们的精神旷野。因为，精神的宇宙，是如此辽阔啊。

爱怕什么

爱挺娇气挺笨挺糊涂的,有很多怕的东西。

爱怕撒谎。当我们不爱的时候,假装爱,是一件痛苦而倒霉的事情。假如别人识破,我们就成了虚伪的坏蛋。你骗了别人的钱,可以退赔,你骗了别人的爱,就成了无赦的罪人。假如别人不曾识破,那就更惨。除非你已良心丧尽,否则便要承诺爱的假象,那心灵深处的绞杀,永无宁日。

爱怕沉默。太多的人,以为爱到深处是无言。其实爱是很难描述的一种感情,需要详尽的表达和传递。爱需要行动,但爱绝不仅仅是行动,或者说语言和温情的流露,也是行动不可或缺的部分。我曾经和朋友们做过一个测验,让一个人心中充满一种独特的感觉,然后用表情和手势做出来,让其他不知底细的人猜测他的内心活动。出谜和解谜的人都欣然答应,自以为万无一失。结果,能正确解码的人少得可怜。当你自觉满脸爱意的时候,他人误读的结论千奇百怪。比如认为那是——矜持、发呆、忧郁……

一位妈妈,胸有成竹地低下头,做出一个表情。我和另一位女士愣愣地看着她,相互对视了一下,异口同声地说:你要自杀!她愤怒地瞪着我们说:岂有此理!你们怎么那么笨?!我此刻心头正充盈着温情!愚笨的我们挺惭愧的,但没等我们道歉的话出口,那妈妈恍然大悟道:原来是这样!怪不得我每次这样看着儿子的时候,他都会不安地说"妈妈,我又做错了什么?你又在发什么愁"?

爱是那样地需要表达,就像耗竭太快的电器,每日都得充电。重复而新鲜地描述爱意吧,它是一种勇敢和智慧的艺术。

爱怕犹豫。爱是羞怯和机灵的,一不留神它就吃了鱼饵闪去。爱的初起往往是柔弱无骨的碰撞和翩若惊鸿的引力。在爱的极早期,就敏锐地识别自己的真爱,是一种能力更是一种果敢。爱一桩事业,就奋不顾身地投入。爱一个人,就斩钉截铁地追求。爱一个民族,就挫骨扬灰地献身。爱一桩事业,就呕心沥血。爱一种信仰,就至死不悔。

爱怕模棱两可。要么爱这一个,要么爱那一个,遵循一种"全或无"的铁则。爱,就铺天盖地,不遗下一个角落。不爱就抽刀断水,金盆洗手。迟疑延宕是对他人和自己的不负责任。

爱怕沙上建塔。那样的爱,无论多么玲珑剔透,潮起潮落,遗下的只是无珠的蚌壳和断根的水草。

爱怕无源之水。沙漠里的河啊,即便不是海市蜃楼,波光粼粼又能坚持几天?当沙暴袭来的时候,最先干涸的正是泪水积聚的咸水湖。

爱怕假冒伪劣。真的爱也许不那么外表光鲜、色彩艳丽,没有精致的包装,没有夸口的广告,但它有内在的质量保证。真爱并非不会发生短路与损伤,但是它有保修单,那是两颗心的承诺，写在天地间。

爱是一个有机整体，怕分割。好似钢化玻璃，据说坦克压上也不会碎，可惜它的弱点是宁折不弯，脆不可裁。一旦破碎，就裂成了无数蚕豆大的渣滓，流淌一地，闪着凄楚的冷光，再也无法复原。

爱的脚力不健，怕远。距离会漂淡彼此相思的颜色，假如有可能，就靠得近一点，再近一点，直到水乳交融、亲密无间。万万不要人为地以分离考验它的强度，那你也许后悔莫及。尽量地创造并肩携手天人合一的时光。

爱像仙人掌类的花朵，怕转瞬即逝。爱可以不朝朝暮暮，爱可以不卿卿我我，但爱要铁杵磨成针，恒远久长。

爱怕平分秋色，在爱的钢丝上不能学高空王子，不宜做危险动作。即使你摇摇晃晃，一时不曾跌落，也是偶然性在救你，任何一阵旋风，都可能使你轰然坠毁。最明智最保险的是赶快从高空回到平地，在泥土上留下深深的脚印。

爱怕刻意求工。爱可以披头散发，爱可以荆钗布裙，爱可以粗茶淡饭，爱可以风餐露宿。只要一腔真情，爱就有了依傍。

爱的时候，眼珠近视散光，只爱看江山如画；耳朵是聋的，只爱听莺歌燕舞。爱让人片面，爱让人轻信。爱让人智商下降，爱让人一厢情愿。爱最怕的，是腐败。爱需要天天注入激情活力，但又如深潭，波澜不惊。

说了爱的这许多毛病，爱岂不一无是处？

爱是世上最坚固的记忆金属，高温下不熔化，冰冻不脆裂。造一艘爱的航天飞机，你就可以驾驶着它，遨游九天。

爱是比天空和海洋更博大的宇宙，在那个独特的穹隆中，有着亿万颗爱的星斗，闪烁光芒。一粒小行星划下，就是爱的雨丝，缀起满天清光。

爱是神奇的化学试剂，能让苦难变得香甜，能让一分钟永驻成永远。能让平凡的容颜貌若天仙，能让喃喃细语压过雷鸣电闪。

爱是孕育万物的草原。在这里，能生长出能力、勇气、智慧、才干、友谊、关怀……所有人间的美德和属于大自然的美丽天分，爱都会赠予你。

在生和死之间，是孤独的人生旅程。保有一份真爱，就是照耀人生得以温暖的灯。

造　心

蜜蜂会造蜂巢。蚂蚁会造蚁穴。人会造房屋、机器，造美丽的艺术品和动听的歌。但是，对于我们最重要最宝贵的东西——自己的心，谁是它的建造者？

孔雀绚丽的羽毛，是大自然物竞天择造出。白杨笔直刺向碧宇，是密集的群体和高远的阳光造出。清香的花草和缤纷的落英，是植物吸引异性繁衍后代的本能造出。卓尔不群坚忍顽强的性格，是禀赋的优异和生活的历练造出。

我们的心，是长久地不知不觉地以自己的双手，塑造而成。

造心先得有材料。有的心是用钢铁造的，沉黑无比。有的心是用冰雪造的，高洁酷寒。有的心是用丝绸造的，柔滑飘逸。有的心是用玻璃造的，晶莹脆薄。有的心是用竹子造的，锋利多刺。有的心是用木头造的，安稳麻木。有的心是用红土造的，粗糙朴素。有的心是用黄连造的，苦楚不堪。有的心是用垃圾造的，面目可憎。有的心是用谎言造的，百孔千疮。有的心是用尸骸造的，腐恶熏天。有的心是用眼镜蛇唾液造的，剧毒凶残。

造心要有手艺。一只灵巧的心，缝制得如同金丝荷包。一罐古朴的心,淳厚得好似百年老酒。一枚机敏的心,感应快捷电光石火。一颗潦草的心,门可罗雀疏可走马。一摊胡乱堆就的心,乏善可陈杂乱无章。一片荆棘编织的心,暗设机关处处陷阱。一道半是细腻半是马虎的心,好似白蚁蛀咬的断堤。一个绣花枕头内里虚空的心,是假冒伪劣心界的水货。

造心需要时间。少则一分一秒,多则一世一生。片刻而成的大智大勇之心,未必就不玲珑。久拖不决的谨小慎微之心,未必就很精致。有的人,小小年纪,就竣工一颗完整坚实之心。有的人,须发皆白,还在心的地基挖土打桩。有的人,半途而废不了了之,把半成品的心扔在荒野。有的人,成百里半九十,丢下不曾结尾的工程。有的人,精雕细刻一辈子,临终还在打磨心的剔透。有的人,粗制滥造一辈子,人未远行,心已灶冷坑灰。

心的边疆,可以造得很大很大。像延展性最好的金箔,铺设整个宇宙,把日月包含。没有一片乌云,可以覆盖心灵辽阔的疆域。没有哪次地震火山,可以彻底颠覆心灵的宏伟建筑。没有任何风暴,可以冻结心灵深处喷涌的温泉。没有某种天灾人祸,可以在秋天,让心的田野颗粒无收。

心的规模,也可能缩得很小很小,只能容纳一个家,一个人,一粒芝麻,一滴病毒。一丝雨,就把它淹没了。一缕风,就把它粉碎了。一句流言,就让它痛不欲生。一个阴谋,就置它万劫不复。

心可以很硬,超过人世间已知的任何一款金属。心可以很软,如泣如诉如绢如帛。心可以很韧,千百次的折损委屈,依旧平整如初。心可以很脆,一个不小心,顿时香消玉碎。

造心的时候,可以有很多讲究和设计。

比如预埋下一处心灵的生长点，像一株植物，具有自动修复、自我养护的神奇功能。心受了创伤，它会挺身而出，引导心的休养生息，在最短的时间内，使心焕旧如新。

比如高高竖起心灵的避雷针，以便在危急时刻，将毁灭性的灾难导入地下，耐心等待雨过天晴。

比如添加防震防爆的性能，在心灵遭受短时间高强度的残酷打击下，举重若轻，镇定地维持蓬勃稳定。

比如……

优等的心，不必华丽，但必须坚固。因为人生有太多的压榨和当头一击，会与独行的心灵，在暗夜狭路相逢。如果没有精心的特别设计，简陋的心，很易横遭伤害一蹶不振，也许从此破罐破摔，再无生机。没有自我康复本领的心灵，是不设防的大门。一汪小伤，便漏尽全身膏血。一星火药，烧毁绵延的城堡。

心为血之海，那里汇聚着每个人的品格、智慧、精力、情操，心的质量就是人的质量。有一颗仁慈之心，会爱世界爱人爱生活，爱自身也爱大家。有一颗自强之心，会勤学苦练百折不挠，宠辱不惊大智若愚。有一颗尊严之心，会珍惜自然善待万物。有一颗流量充沛羽翼丰满的心，会乘上幻想的航天飞机，抚摸月亮的肩膀。

造心是一项艰难漫长的工程，工期也许耗时一生。通常是母亲的手，在最初心灵的模型上，留下永不消退的指纹。所以普天下为人父母者，要珍视这一份特别庄重的义务与责任。

当以我手塑我心的时候，一定要找好样板，郑重设计，万不可草率行事。造心当然免不了失败，也很可能会推倒重来。不必气馁，但也不可过于大意。因为心灵的本质，是一种缓慢而精细的物体，太多的揉搓，会破坏它的灵性与感动。

　　造好的心，如同造好的船。当它下水远航时，蓝天在头上飘荡，海鸥在前面飞翔，那是一个神圣的时刻。会有台风，会有巨涛。但一颗美好的心，即使巨轮沉没，它的颗粒也会在海浪中，无畏而快乐地燃烧。

切开忧郁的洋葱

忧郁是一只近在咫尺的洋葱,散发着独特而辛辣的味道,剥开它紧密相连的鳞片时,我们会泪流满面。

一位为联合国工作的朋友告诉我,她到过战火中的难民营,抱起一个小小的孩子。她紧紧地搂着这幼小的身躯,亲吻她枯燥的脸颊。朋友是一位博爱的母亲,很喜爱儿童,温暖的怀抱曾揽过无数的孩子,但这一次,她大大地惊骇了。那个婴孩软得像被火烤过的葱管,萎弱而空虚。完全不知道贴近抚育她的人,没有任何欢喜的回应,只是被动地僵直地向后反张着肢体,好似一块就要从墙上脱落的白瓷砖。

朋友很着急,找来难民营的负责人,询问这孩子是不是有病或是饥寒交迫,为什么表现得如此冷漠?那负责人回答说,因为有联合国的经费救助,孩子的吃和穿都没有问题,也没有病。她是一个孤儿,父母双亡。孩子缺少的是爱,从小到大,从没有人抱过她。因她不知"抱"为何物,所以不会反应。

朋友谈起这段往事,感慨地说,不知这孩子长大之后将如何走过人生。不知道。没有人回答。寂静。但有一点可以预见,她的性格中必定藏有深深的忧郁。

我们都认识忧郁,每一个人,在一生的某个时刻,都曾和忧郁狭路相逢。自然界的风花雪月,人生的悲欢离合,从宋玉的悲秋之赋到绿肥红瘦的喟叹,从游子的枯藤老树昏鸦到弱女的耿耿秋灯凄凉,忧郁如同一只老狗,忠实而疲倦地追着人们的脚后跟,挥之不去。随着现代社会的发达,忧郁更成了传染的通病。"忧郁症"已经如同感冒病毒一般,在都市悄悄蔓延流行。

忧郁像雾,难以形容。它是一种情感的陷落,是一种低潮的感觉状态。它的症状虽多,灰色是统一的韵调。冷漠,丧失兴趣,缺乏胃口,退缩,嗜睡,无法集中注意力,对自己不满,缺乏自信……不敢爱,不敢说,不敢愤怒,不敢决策……每一片落叶都敲碎心房,每一声鸟鸣都溅起泪滴,每一束眼光都蕴满孤独,每一个脚步都狐疑不定……

一个女大学生给我写信,说她就要被无尽的忧郁淹没了。因为自己是杀人凶手,那个被杀的人就是她的妈妈。她说自己从三岁起双手就沾满了母亲的鲜血,因为在那一天,妈妈为了给她买一串过生日的糖葫芦,横穿马路,倒在车轮下……

"为此,我怎能不忧郁?忧郁必将伴我一生!"信的结尾处如此写着,每一个字,都被水洇得像风中摇曳的蓝菊。

说来这女孩子的忧郁,还属于忧郁中比较谈得清的那种,由客观的、重要人物的失落而引起,在某种程度上,是我们不得不面对的痛苦反应。更有那说不清道不明的忧郁,树蚕一样噬咬着我们的心,并用重重叠叠的愁丝,将我们裹得筋骨蜷缩。

忧郁这种负面情感的源头,是个体对于失落的反应。由于丧失,所以我们忧郁。由于无法失而复得,所以我们忧郁。由于从此成为永诀,所以我们忧郁。由于生命的一去不返,所以我们忧郁。

从这种意义上讲,忧郁几乎是人类这种渺小的动物面对宇宙苍穹时,与生俱来的恐惧,所以我们无法从根本上消除忧郁。我相信凡是有人类生存的日子,我们就要和忧郁为朋,虽然我们不喜欢,但我们必须学会与忧郁共舞。

正因为这种本质上的忧郁,所以我们才要在有限生存岁月中,挑战忧郁,让我们自己的生活更自由,更欢愉,更勃勃生气。

失落引起忧郁。当我们分析忧郁的时候,首先面对的是失落。细细想来,失落似可分为不同性质的两大类。一是目前发生的真实与外在的失落,可以被我们确认并加以处理的。比如失去父母,失去朋友,失去恋人,失去工作,失去金钱,失去股票,失去名声,失去房产,失去自信……惨虽惨矣,好歹失在明处,有目共睹。二是源自自我发展的早期便被剥夺,或严重的失望经验,导致内在的深刻失落感觉。这话说起来很拗口,其实就是失在暗地,失得糊涂,失得迷惘,失在生命入口端的混沌处。你确切无疑地丢失了,却不知遗落在哪一个驿站。

这可怕的第二种失落,常常是潜意识的,表明在我们的儿童期,有着不同程度的缺憾和损失。因为我们未曾得到醇厚的爱,或因这爱的偏颇,使我们的内心发展受阻。因为幼小,我们无法辨析周围复杂的社会,导致丧失了对他人的信任,并在这失望中开始攻击自己。如同联合国那位朋友所抱起的女婴,她已不知人间有爱,她已不会回报爱与关切。在这种凄楚中长大的孩子,常常自我谴责与轻贱,认为自己不可爱,无价值,难以形成完整高尚的尊严感。

过度地被保护和溺爱,也是一种失落。这种孩子失落的是独立与思考，他们只有满足的经验，却丧失了被要求负责的勇气，丧失了学会接受考验和失败的能力，丧失了容纳失望的胸怀。一句话，他们在百般呵护下，残障了自我的成长性和控制力的发展。他们的脑海深处永远藏着一个软骨的啼哭的婴孩，因为愤怒自己的无力，并把这种无能感储入内心，因而导致无以名状的忧郁。

　　人的一生，必须忍受种种失落。就算你早年未曾失父母失学失恋，就算你一帆风顺平步青云，你也必得遭遇青春逝去韶华不再的岁月流淌，你也必得纳入体力下降记忆衰退的健康轨道，你也必有红颜易老退休离职的那一天，你也必得遵循生老病死新陈代谢的铁律，到了那一刻，你是否有足够的弹性，抵御忧郁？

　　还有一种更潜在的忧郁，是因为我们为自己立下了不可达到的高标准，产生了难以满足的沮丧感。这种源自认定自我罪恶的忧郁症状，是与外界无关的，全需我们自我省察，挣脱束缚。

　　忧郁的人往往是孤独的，因为他们自卑与自怜。忧郁的人往往互相吸引，因为他们的气味相投。忧郁的人结为夫妻，多半不得善终，因为无法自救亦无力救人。忧郁的人往往易于崩溃，因为他们哀伤更因为他们羸弱绝望。

　　难民营的婴儿，不知你长大后，能否正视自己的童年？失却的不可复来，接受历史就是智慧。记忆中双手沾着血迹的女大学生，你把那串猩红的糖葫芦永远地抛掉吧，你的每一道指纹都是洁白的，你无罪。母亲在天国向你微笑。

　　不要嘲笑忧郁，忧郁是一种面对失落的正常。不要否认我们的忧郁，忧郁会使我们成长。不要长久地被忧郁围困，忧郁会使我们萎缩。不要被忧郁吓倒，摆脱了忧郁的我们，会更加柔韧刚强。

珍惜愤怒

小时候看电影，虎门销烟的英雄林则徐在官邸里贴一条幅"制怒"。由此知道怒是一种凶恶而丑陋的东西，需要时时去制服它。

长大后当了医生，更视怒为健康的大敌。师传我，我授人；怒而伤肝，怒较之烟酒对人为害更烈。人怒时，可使心跳加快，血压升高，瞳孔散大，寒毛竖紧……一如人们猝然间遇到老虎时的反应。

怒与长寿，好像是一架跷跷板的两端，非此即彼。

人们渴望强健，人们于是憎恶愤怒。

我愿以我生命的一部分为代价，换取永远珍惜愤怒的权利。

愤怒是人的正常情感之一，没有愤怒的人生，是一种残缺。当你的尊严被践踏，当你的信仰被玷污，当你的家园被侵占，当你的亲人被残害，你难道不滋生出火焰一样的愤怒吗？当你面对丑恶面对污秽，面对人类品质中最阴暗的角落，面对黑夜里横行的鬼魅，你难道能压抑住喷薄而出的愤怒吗?！

愤怒是我们生活中的盐。当高度的物质文明像软绵绵的糖一样簇拥着我们的时候，现代人的意志像被泡酸了的牙一般软弱小悲小喜缠绕着我们，我们便有了太多的忧郁。城市人的意志脱了钙，越来越少倒拔垂杨柳强硬似铁怒目金刚式的愤怒，越来越少见幽深似海水波不兴却孕育极大张力的愤怒。

没有愤怒的生活是一种悲哀。犹如跳跃的麋鹿丧失了迅速弃跑的能力，犹如敏捷的灵猫被剪掉胡须。当人对一切都无动于衷，当人首先戒掉了愤怒，随后再戒掉属于正常人的所有情感之后，人就在活着的时候走向了永恒——那就是死亡。

我常常冷静地观察他人的愤怒，我常常无情地剖析自己的愤怒，愤怒给我最深切的感受是真实，它赤裸而新鲜，仿佛那颗勃然跳动的心脏。

喜可以伪装，愁可以伪装，快乐可以加以粉饰，孤独忧郁能够掺进水分，唯有愤怒是十足成色的赤金。它是石与铁撞击一瞬痛苦的火花，是以人的生命力为代价锻造出的双刃利剑。

喜更像是一种获得，一种他人的馈赠。愁则是一枚独自咀嚼的青橄榄，苦涩之外别有滋味。唯有愤怒，那是不计后果不顾代价无所顾忌的坦荡的付出。在你极度愤怒的刹那，犹如裂空而出横无际涯的闪电，赤裸裸地裸露了你最隐秘的内心。于是，你想认识一个人，你就去看他的愤怒吧！

愤怒出诗人，愤怒也出统帅，出伟人，出大师，愤怒驱动我们平平常常的人做出辉煌的业绩。只要不丧失理智，愤怒便充满活力。

怒是制不服的，犹如那些最优秀的野马，迄今没有任何骑手可以驾驭它们。愤怒是人生情感之河奔泻而下的壮丽瀑布，愤怒是人生命运之曲抑扬起伏的高亢音符。

珍惜愤怒，保持愤怒吧！愤怒可以使我们年轻。纵使在愤怒中猝然倒下，也是一种生命的壮美。

拒绝分裂

　　分裂是个可怕的词。一个国家分裂了,那就是战争。一个家庭分裂了,那就是离异。一个民族分裂了,那就是苦难。整体和局部分裂了,那就是残缺。原野分裂了,那就是地震。天空分裂了,那就是黑洞。目光分裂了,那是斜眼。思想和嘴巴分裂了,那是心口不一。人的性格分裂了,那就是精神病,俗称疯子。

　　早年我读医科的时候,见过某些精神病人发作时的惨烈景象,觉得精神分裂症这个词欠缺味道,还不够淋漓尽致入木三分。随着年龄的增长和阅历的丰富,这才知道分裂的厉害。

　　分裂在医学上有它特殊的定义,这里姑且不论。用通俗点的话说,就是在我们的心灵和身体里,存在着两个司令部。一个命令往东,另一个指示往西或是往南,也可能往北。如同十字路口有多组红绿灯在发号施令,诸车横冲直撞,大危机就随之出现了。

　　分裂耗竭我们的心理能量,使我们衰弱和混乱。有个小伙子,人很聪明敏感,表面上也很随和,从来不同别人发火。他个矮人黑,大家就给他起外号,雅的叫白矮星,简称小白;俗的叫碌碡，简称老六。由于他矮，很多同学见到他，就会不由自主地胡噜一下他的头发，叫一声六儿或是小白，他不恼，一概应承着，附送谦和的微笑，因而人缘很好。终于，有个外校的美丽女生，在一次校际联欢时，问过他的名字后，好奇地说：你并不姓白，大家为什么称你小白？这一次，他面部抽搐，再也无法微笑了。女生又问他是不是在家排行第六，他什么也没说，猛转身离开了人声鼎沸的会场。第二天早上，在校园的一角发现了他的尸体。人们非常震惊，百思不得其解，有人以为是谋杀。在他留下的日记里，述说着被人嘲弄的苦闷，他写道：为什么别人的快乐要建立在我的痛苦之上？每当别人胡噜我头顶的时候，我都恨不得把他的爪子剁下来。可是，我不能，那是犯罪。要逃脱这耻辱的一幕，我只有到另一个世界去了……

大家后悔啊！曾经摸过他头顶的同学，把手指攥得出血，当初以为是亲昵的小动作，不想却在同学的心里刻下如此深重创伤，直到绞杀了他的生命。悔恨之余，大家也非常诧异他从来没有公开表示过自己的愤怒。哪怕是只有一次，很多人也会尊重他的感受，收回自己的轻率和随意。

这个同学表面上的豁达，内心的悲苦，就是一种典型的分裂状态。如果你不喜欢这类玩笑和戏耍，完全可以正面表达你的感受。我相信，绝大多数的人会郑重对待，改变做法。当然，可能部分人会恶作剧地坚持，但你如果强烈反抗，相信他们也要有所收敛。那些忍辱负重的微笑，如同错误的路标，让同学百无禁忌，终致酿成惨剧。

如果你愤怒，你就呐喊。如果你哀伤，你就哭泣。如果你热爱，你就表达。如果你喜欢，你就追求。

如果你愤怒，却佯作宽容，那不但是分裂，而且是混淆原则。如果你哀伤，却佯作欢颜，那不但是分裂，而且是对自己的污损。如果你热爱，却反倒逃避，那不但是分裂，而且是丧失勇气。如果你喜欢，却装出厌烦，那不但是分裂，而且是懦弱和愚蠢……

所有的分裂都是要付出代价的。轻的是那稍纵即逝的机遇，一去不复返。重的就像刚才说到的那位朋友，押上了宝贵的生命。最漫长而隐蔽的损害，也许是你一生郁郁寡欢沉闷萧索，每一天都在迷惘中度过，却始终不知道这是为什么。

一位女生，与我谈起她的初恋。其实恋爱是一个古老的话题，地球上曾经生活过的几百亿人都曾遭逢。但每一个年轻人，都以为自己的挫败独一无二。女生说她来自小地方，为了表示自己的先锋和前卫，在男友的一再强求下，和他同居了。后来，男友有了新欢抛弃了她。极端的忧虑和愤恨之下，女生预备从化工商店买一瓶硫酸。

你要干什么？我说。

他取走了我最珍贵的东西，我要把他的脸变成蜂窝。该女生网满红丝的眼睛，有一种母豹的绝望。

我说，最珍贵的东西，怎么就弄丢了？

女生语塞了，说，我本不愿给的，怕他说我古板不开放，就……

我说，既然你要做一个先锋女性，据我所知，这样的女性对无爱的男友，通常并不选择毁容。

女生说，可我忍不了。

我说，这就是你矛盾的地方了。你既然无比珍爱某样东西，就要千万守好，深挖洞，广积粮，藏之深山。不要被花言巧语迷惑，假手他人保管。你骨子里是个传统的女孩，你需尊重自己的选择。如果真要找悲剧的源头，我觉得你和男友在价值观上有所不同。你在同居的时候崇尚"解放"，蔑视传统的规则。你在被遗弃的时候，又祭起了古老的道德。我在这里不做价值评判，只想指出你的分裂状态。你要毁他容颜，为一个不爱你的人，去违犯法律伤及生命，这又进入一个可怕的分裂状态了。人们认为恋爱只和激情有关，其实它和我们每个人的历史相连。爱情并不神秘，每个人背负着自己的世界观走向另一个人。

世上也许没有绝对的对和错，但有协调和混乱之分，有统一和分裂的区别。放眼看去，在我们周围，有多少不和谐不统一的情形，在蚕食着我们的环境和心灵。

我们的身体，埋藏着无数灵敏的窃听器，在日夜倾听着心灵的对话。如果你生性真诚，却要言不由衷地说假话，天长日久，情绪就会蒙上铁锈般的灰尘。如果你不喜欢一项工作，却为了金钱和物质埋首其中，你的腰会酸，你的胃会痛，你会了无生活的乐趣，变成一架长着眼睛的机器。如果你热爱大自然，却被幽闭在汽油和水泥构筑的城堡中，你会渐渐惆怅枯萎，被榨干了活泼的汁液，压缩成个标本。如果你没有相濡以沫的情感，与伴侣漠然相对，还要在人前作举案齐眉的恩爱夫妻状，那你会失眠会神经衰弱会得癌症……

这就是分裂的罪行。当你用分裂掩盖了真相，呈现出泡沫的虚假繁荣之时，你的心在暗中哭泣。被挤压的愁绪像燃烧的灰烬，无声地蔓延火蛇。将来的某一个瞬间，嘭地燃放烈焰，野火四处舔舐，烧穿千疮百孔的内心。

分裂是一种双重标准。有人以为我们的心很大，可以容得下千山万水。不错，当我们目标坚定人格统一的时候，的确是这样。但当我们为自己设下了相左的方向，那相互抵消的劲道就会撕扯我们的心，让它皱缩成团，局促逼仄窒息难耐。

人是很奇怪的动物。如果你处在分裂的状态，你又要掩饰它，你就不由自主地虚伪。我听一位年轻的白领小姐说，她的主管无论在学识和人品上，都无法让她敬佩，可人在矮檐下，不得不低头。她怕主管发现了自己的腹诽，就格外地巴结讨好甚至谄媚，结果虽然如愿以偿加了薪，可她不快乐不开心。

我说，你可以只对她表示职务上工作上的服从和尊重，而不臧否她的人品。

白领小姐说，我怕她不喜欢我。

我说，那你喜欢她吗？

白领小姐很快回答，我永远不会喜欢她。

我说，其实，我们由于种种的原因，不喜欢某些人，是完全正常的事情。不喜欢并不等于不能合作。如果你和你所不喜欢的上司，只保持单纯而正常的工作关系，这就是统一。但要强求如沐春风亲密无间，这就是分裂，它必然带来情绪的困扰和行动的无所适从。其结果，估计你的主管也不是个愚蠢女人，她会察觉出你的口是心非。

白领小姐苦笑说，她已经背后这样评价我了。

分裂的实质常常是不能自我接纳。我们压抑自己的真实感受，以为它是不正当不光彩的，我们用一种外在的标准修正自己的心境和行为。这其实是一种自我欺骗，委屈了自己也不能坦然对人。

有人说，找工作时，我想到这个单位，又想到那个机构，拿不定主意。要是能把两个单位的优点都集中到一起，就比较容易选择了。

有人说，找对象时，我想选定这个人，又想到那个人也不错，要是能把两个人的长处都放在一个人身上，那就很容易下定决心了。

当我们举棋不定的时候，通常就是一种分裂状态。你想把现实的一部分像积木一样拆下来，和另一部分现实组装起来，成为一个虚拟的世界。

这是对真实一厢情愿的阉割。生活就是泥沙俱下，就是鲜花和荆棘并存。尊重生活本来面目，接受一个完整统一的真实世界，由此决定自己矢志不渝的目标，也许是应对分裂的法宝之一。

人生有三件事不可俭省

无论世界变得如何奢华,我还是喜欢俭省。这已经变得和金钱没有很密切的关系,只是一个习惯。我这样说,实在是因为俭省的机会其实很廉价,俯拾即是遍地滋生。比如不论牙膏管子多么丰满,但你只能在牙刷毛上挤出大约 1.5 到 2 厘米的膏条,而不是 1 尺长。因为你用不了那么多,你不能把自己的嘴巴变成螃蟹聚会的洞穴。再比如无论你坐拥多少橱柜的衣服,当暑气蒸人的时候,你只能穿一件纯棉的 T 恤衫。如果把貂皮大衣捂在身上,轻则长满红肿热痛的痱毒,重了就会中暑倒地一命呜呼。俭省比奢华要容易得多,是偷懒人的好伴侣——用最直截了当的方式和最小的花费直抵目标。

然而有三件事你不能俭省。

第一件事是学习。学习是需要费用的,就算圣人孔子,答疑解惑也要收干肉为礼。学习费用支出的时候,和买卖其他货物略有不同。你不知道究竟能得到多少知识,这不单决定于老师的水平,也决定于你自己的状态。这在某种情况下就有点隔山买牛的味道,甚至比股票的风险还大。谁也不能保证你在付出了学费之后一定能考上大学，你只能先期投入。机遇是牵着婚纱的小童，如果你不学习，新娘就永远不会出现在你人生的殿堂。

　　第二件事是旅游。每个人出生的时候都是蝌蚪，长大了都变作井底之蛙。这不是你的过错，只是你的限制，但你要想法弥补。要了解世界，必须到远方去。旅游是需要花钱的，谁都知道。旅游的好处却不是一眼就能看到的，常常需要日积月累潜移默化的蓄积。有人以为旅游只是照一些相片买一些小小的工艺品，其实不然。旅行让我们的身体感悟到不同的风和水，我们的头脑也在不同风情的滋养下变得机敏和多彩。目光因此老辣，谈吐因此谦逊。

　　第三件事情是锻炼身体。古代的人没有专门锻炼身体的习惯，饥一顿饱一顿全无赘肉。生存的需要逼得他们不停奔跑狩猎，闲暇的时候就装神弄鬼，在岩壁上凿画，在篝火边跳舞，都不是轻体力劳动，积攒不下多余的卡路里。社会进步了，物质丰富了，用不完的热量成了我们挥之不去的负担。于是要人为地在机器上跋涉，在充满氯气的池子里浮沉，在人造的雪花和冰面上打滚，在矫揉造作的水泥峭壁上攀爬……这真是愚蠢的奢侈啊，可我们没有办法，只有不间断地投入金钱，操练贫瘠的肌肉和骨骼，以保持最起码的力量和最基本的敏捷。

　　有没有省钱的方法呢？其实也是有的。把人生当作课堂，向一切人学习，就省了上学的钱。徒步到远方去，就省了旅游的钱。不用任何健身器械，就在家里踢毽子高抬腿做广播体操……就省了健身的钱。

　　然而，这也是破费，因为我们付出了时间。

柔　和

"柔和"这个词，细想起来挺有意思的。先说"和"字，由禾苗和口两部分组成，那含义大概就是有了生长着的禾苗，嘴里的食物就有了保障，人就该气定神闲，和和气气了。

这个规律，在农耕社会或许是颠扑不破的。那时只要人的温饱得到解决，其他的都好说。随着社会和科技的发达进步，人的较低层次需要得到满足之后，单是手中有粮，就无法抚平激荡的灵魂了。中国有句俗话，叫作"吃饱了撑的——没事找事"。可见胃充盈了之后，就有新的问题滋生，起码无法达至完全的心平气和。

再说"柔"这个字。通常想起它的时候，好像稀泥一摊，没什么筋骨的模样。但细琢磨，上半部是"矛"，下半部是"木"——一支木头削成的矛，看来还是蛮有力度和进攻性的。柔是褒义，比如柔韧、以柔克刚、刚柔相济、百炼钢化作绕指柔……都说明它和阳刚有着同样重要的美学和实践价值。

记得早年当医学生的时候，一天课上先生问道，大家想想，用酒精消毒的时候，什么浓度为好？学生齐声回答，当然是越高越好啦！先生说，错了。太高浓度的酒精，会使细菌的外壁在极短的时间内凝固，形成一道屏障，后续的酒精就再也杀不进去了，细菌在壁垒后面依然活着。最有效的浓度，是把酒精的浓度调得柔和些，润物无声地渗透进去，效果才佳。

于是我第一次明白了，柔和有时比风暴更有力量。

柔和是一种品质与风格。它不是丧失原则，而是一种更高境界的坚守，一种不曾剑拔弩张，依旧扼守尊严的艺术。柔和是内在的原则和外在的弹性充满和谐的统一，柔和是虚怀若谷的谦逊和冷暖相宜的交流。

现代人在风驰电掣的忙碌中，是多么期望自己和他人的柔和啊。不信，你看看报上的征婚广告，净是征询性格柔和的伴侣。人们希望目光是柔和的，语调是柔和的，面庞的线条是柔和的，身体的张力是柔和的……

当我们轻轻念出"柔和"这个词的时候，你会觉得有一缕淡蓝色的温润，弥漫在唇舌之间。

有人追索柔和，以为那是速度和技巧的掌握。书刊上有不少教授柔和的小诀窍，比如怎样让噪音柔和，手势柔和……我见过一个女孩子，为了使性情显出柔和，在手心用油笔写了大大的"慢"字，天天描一遍，掌总是蓝的。以至扬手时常吓人一跳，以为她练了邪门武功。并为自己规定每说一句话之前，在心中默数从1到10……她除了让人感到木讷和喜怒无常外，与柔和不搭界。

一个人的心如若不柔和，所有对外在柔和形式的模仿和操练，都是沙上楼阁。

看看天空和海洋吧。当它们最美丽和博大，最安宁和清洁的时候，它们是柔和的。

只有成长了自己的心，才会在不经意之间，收获了柔和。

我们的声音柔和了，就更容易渗透到辽远的空间。我们的目光柔和了，就更轻灵地卷起心扉的窗纱。我们的面庞柔和了，就更流畅地传达温暖的诚意。我们的身体柔和了，就更准确地表明与人平等的信念。

柔和，是力量的内敛和高度自信的宁馨儿。愿你在某一个清晨，感觉出柔和像云雾一般悄然袭身。

心理拒绝创可贴

我有过若干次讲演的经历,在北大和清华,在军营和监狱,在农村土坯搭建的课堂和美国最奢华的私立学校……面对从医学博士到纽约贫民窟的孩子等各色人群,我都会很直率地谈出对问题的想法。在我的记忆中,有一次的经历非常难忘。

那是一所很有名望的大学,约过我好几次了,说学生们期待和我进行讨论。我一直推辞,我从骨子里不喜欢演说。每逢答应一桩这样的公差,就要莫名地紧张好几天。但学校方面很执着,在第 N 次邀请的时候说该校的学生思想之活跃甚至超过了北大,会对演讲者提出极为尖锐的问题,常常让人下不了台,有时演讲者简直是灰溜溜地离开学校。

听他们这样一讲,我的好奇心就被激励起来,我说,我愿意接受挑战。于是,我们就商定了一个日子。

那天,大学的礼堂挤得满满的,当我穿过密密的人群走向讲台的时候,心里涌起怪异的感觉,好像是"文革"期间的批斗会场,不知道今天将有怎样的场面出现。果然,从我一开始讲话,就不断地有条子递上来,不一会儿,就在手边积成了厚厚一堆,好像深秋时节被清洁工扫起的落叶。我一边讲课，一边充满了猜测，不知树叶中潜伏着怎样的思想炸弹。讲演告一段落，进入回答问题阶段，我迫不及待地打开了堆积如山的纸条，一张张阅读。那一瞬，台下变得死寂，偌大的礼堂仿若空无一人。

我看完了纸条，说，有一些表扬我的话，我就不念了。除此之外，纸条上提的最多的问题是——人生有什么意义？请你务必说真话，因为我们已经听过太多言不由衷的假话了。

我念完这个纸条以后，台下响起了掌声。我说你们今天提出这个问题很好，我会讲真话。我在西藏阿里的雪山之上，面对着浩瀚的苍穹和壁立的冰川，如同一个茹毛饮血的原始人，反复地思索过这个问题。我相信，一个人在他年轻的时候，是会无数次地叩问自己——我的一生，到底要追索怎样的意义？

我想了无数个晚上和白天，我终于得到了一个答案。今天，在这里，我将非常负责地对大家说，我思索的结果是：人生是没有任何意义的！

我这句话说完，全场出现了短暂的寂静，如同旷野。但是，紧接着，就响起了暴风雨般的掌声。

这是我在讲演中获得的最激烈的掌声。在以前，我从来不相信有什么"暴风雨般的掌声"这种话，觉得那只是一个拙劣的比喻。但这一次，我相信了。我赶快做了一个"暂停"的手势，但掌声还是绵延了若干时间。

我说，大家先不要忙着给我鼓掌，我的话还没有说完。我说人生是没有意义的，这不错，但是——我们每一个人要为自己确立一个意义！

是的，关于人生的意义的讨论，充斥在我们的周围。很多说法，由于熟悉和重复，已让我们从熟视无睹滑到了厌烦。可是，这不是问题的真谛。真谛是，别人强加给你的意义，无论它多么正确，如果它不曾进入你的心理结构，它就永远是身外之物。比如我们从小就被家长灌输过人生意义的答案。在此后漫长的岁月里，谆谆告诫的老师和各种类型的教育，也都不断地向我们批发人生意义的补充版。但是，有多少人把这种外在的框架，当成了自己内在的标杆，并为之下定了奋斗终生的决心？

那一天结束讲演之后，我听到有同学说，他觉得最大的收获是听到有一个活生生的中年人亲口说，人生是没有意义的，你要为之确立一个意义。

其实，不单是中国的青年人在目标这个问题上飘忽不定，就是在美国的著名学府哈佛大学，也有很多人无法在青年时代就确立自己的目标。我看到一则材料，说某年哈佛的毕业生临出校门的时候，校方对他们做了一个有关人生目标的调查。结果是27%的人，完全没有目标。60%的人目标模糊。10%的人有近期目标。只有3%的人，有着清晰而长远的目标。

25年过去了，那3%的人不懈地朝着一个目标坚忍努力，成了社会的精英，而其余的人，成就要相差很多。

我之所以提到这个例子，是想说明在人生目标的确立上面，无论中国还是外国的青年，都遭遇到了相当程度的朦胧或是混沌状态。有人会说，是啊，那又怎么样？我可以一边慢慢成长，一边寻找自己的人生意义啊。我平日也碰到很多青年朋友，诉说他们的种种苦难。我在耐心地听完那些折磨他们的烦心事之后，把他们渴求帮助的目光撇在一旁，我会问，你的人生目标是什么呢？

他们通常会很吃惊,好像怀疑我是否听懂了他们的愁苦,甚至恼怒我为什么对具体的问题视而不见,而盘问他们如此不着边际的空话。更有甚者,以为我根本就没有心思听他们说话,自己胡乱找了个话题来搪塞。

我会迎着他们疑虑的目光,说,请回答我的这个问题,你为什么而活着呢?

年轻人一般会很懊恼地说,这个问题太大了,和我现在遇到的事没有一点关联。我会说,你错了。世上的万物万事都有关联。有人常常以为心理上的事只和单一的外界刺激有关,就事论事,其实心理和人生的大目标有着纲举目张的紧密接触。很多心理问题,实际上都是人生的大目标出现了混乱和偏移。

举个例子。一个小伙子找到我,说他为自己说话很快而苦恼,他交了一个女朋友,感情很好。但女孩子不喜欢他说话太快。一听他口若悬河滔滔不绝地说个没完,女孩就说自己快变成大头娃娃了。还说如果他不改掉这毛病,就不能把他引见给自己的妈妈,因为老人家最烦的就是说话爱吐唾沫星子的人。

你说我怎么才能改掉说话太快的毛病?他殷切地看着我,闹得我都觉得如果不帮他这个忙,简直就成了毁掉他一生的爱情和事业的凶手。

我说,你为什么要讲话那么快呢?

他说,如果慢了,我怕人家没有耐心听完我的话。您知道,现今的社会,节奏那么快,你讲慢了,人家就跑了。

我说,如果按照你的这个观点发挥下去,社会节奏越来越快,你岂不是就得说绕口令了?你的准丈母娘并不是这样的人啊,她就喜欢说话速度慢一点并且注意礼仪的人啊。

他说，好吧，就算你说的这两种人都可以并存，但我还是觉得说话快一些，比较占便宜，可以在单位时间内传达更多的信息。

我说，那你的关键就是期待别人能准确地接受你的信息。你以为只有快速发射信息才是唯一的途径。你对自己的观点并不自信。

他说，正是这样。我生怕别人不听我的，我就快快地说，多多地说。

当他这样说完之后，连自己也笑起来。我说，其实别人能否接受我们的观点，语速并不是最重要的。而且，你能告诉我，你为什么这样在意别人是否能接受你的观点？

这个说话很快的男孩突然语塞起来，忸怩着说，我把理想告诉你，你可不要笑话我。

我连连保证决不泄密，他说，我的理想是当一个政治家。所有的政治家都很雄辩，你说对吧？

我说，这咱们就比较接触到了问题的实质。要当一个政治家，第一要自信。他们的雄辩不是来自速度，而来自信念。一个自信的人，不论说话快还是慢，他们对自我信念的坚守流露出来，会感染他人。我知道你有如此远大的理想，这很好。你要做的事，不是把话越说越快，而是积攒自己的力量，让自己的信念更加坚定。

那一天的谈话就到此为止，后来，这个男生告诉我，他讲话的速度就慢了下来，也被批准见到了自己的准丈母娘，听说很受欢迎。

这厢刚刚解决了一个说话快的问题，紧接着又来了一位女硕士，说自己的心理问题是讲话太慢，周围的人都认为她有很深的城府，不敢和她交朋友，以为在她那些缓慢吐出的话语背后，隐藏着怎样的阴谋。

我试了很多方法，却无法让自己说话快起来，烦死了。她慢吞吞地对我这样说，语速的确有一种压抑人的迟缓，好像在话的背后还隐藏着另一句话。

我看她急迫的神情，知道她非常焦虑。

我说，你讲每一句话是否都要经过慎重的考虑？

她说，是啊。如果不考虑，讲错了话，谁负得了这个责？

我说，你为什么特别怕讲错话？

女硕士说，因为我输不起。我家庭背景不好，家里有犯罪的人，周围的人都看不起我们。很穷，从小就靠亲戚的施舍才能坚持学业。我生怕一句话说错了，人家不高兴，就不给我学费了。所以，连问一句"你吃了吗"这样中国人最普遍问的话，我也要三思而后行。我怕人家说，你连自己的饭都吃不饱，也配来问别人吃饭问题。

听到这里，我说我明白了。你觉得自己的每一句话都可能引致他人的误解，给自己造成不良影响。

女硕士连连说，对对，就是这样的。

我笑了，说，你这一句话说得并不慢啊。

她说，那我是相信你不会误会我。

我说，这就对了。你说话速度慢，不是一个技术性的问题，是你不能相信别人。你是否准备一辈子都不相信任何人？如果是这样的话，我断定你的讲话速度是不会改变的。如果你从此相信他人，讲话的速度自然会比较适宜，既不会太慢，也不会太快，而是能收放自如。

那个女生后来果然有了很大的改变，她的人际关系也有了进步。

今天我们从一个很大的目标谈起，结果要在一个很小的地方结束。我想说，一个人的心理是一座斗拱飞檐的宫殿，这座宫殿的基础就是我们对自己人生目标的规划和对世界对他人的基本看法。一些看起来是技术和表面的问题，其实内里都和我们的基本人生观有着千丝万缕的联系。心理问题切不可头痛医头脚痛医脚，那样如同创可贴，只能暂时封住小伤口，却无法从根本上让我们的精神强健起来。

紧　张

　　一个有趣的游戏。两人一组,其中一人会拿到一些纸条,上面写着字——都是人们常有的一些情绪,比如高兴、漠不关心、嫉妒、疲倦已极……

　　拿到纸条的人,要按照纸条上的指示,做出相应的表情和行动,让另外的那个人猜。

　　例如,甲人看了看手中纸条上的字迹,沉思片刻后开始表演。先是豹眼圆睁,辅以一个箭步上前,右手揪住假想中的某人脖领,同时挥出弧度漂亮的左勾拳,击中那人腮帮……

　　乙人在目睹了甲人的表情和行动以后,也沉思片刻。然后大声说出他解读出的对方情绪——愤怒。

　　甲人颔首道,基本正确。不过,我手中的纸条上写的是狂怒。

　　乙人说,嗨!如果是狂,你的这个表达等级,味道尚欠浓烈。倘若换我,一般的愤怒,就已达到这个档次。真到了狂怒阶段,还要加上怒发冲冠拳打脚踢暴跳如雷虎啸龙吟……

　　这个小游戏,说明人和人之间,并不是很容易沟通的。人们通常按照自己表达情绪的方式,来理解他人。

但人和人之间,仍是可以沟通的。需要语言的帮助和长久的磨合。程度差异很大。可以一叶知秋,也可落英缤纷。

我很喜欢玩这个游戏,可以更深刻地感知他人的内心,察觉人群的异同。正是这种无休无止的差异,造成了人的丰富多彩和无数悲欢离合。

某次,我遇到了一位有趣的合作者。他是一位老板。

拿了字条开始表演。目光炯炯,眉头紧皱,身板僵直,双手攥拳……

我绕着他走了三圈,思索不出他这番表演的内涵,求助道,你能不能示意得再明确些?

他是个好商量的人。思忖片刻后,加上了一个表情:嘴角紧抿……

我还是百思不得其解,只得求饶道:猜不出猜不出。我投降,快告诉我底牌吧。

他把纸条递给我,上面写着——焦虑。

想想,也有道理。某些人焦虑的时候,就是这副沉闷苦恼的模样。

第二轮测验开始。他看了一眼手中新的纸条,开始表演:目光炯炯,眉头紧皱,身板僵直,双手攥拳……

我丧气地说,不行,再具体些。

他就又加了一个表情——嘴角紧抿……

天哪,我一筹莫展。甚至想,这一堆测验的纸条里,不会有两张"焦虑"吧?

我说,完了,我弱智了。请你告诉我吧。

他手心摊开,我看到了谜底:沮丧。

沮丧是这个样子的吗?我不服气地说,你的表演有问题,沮丧的时候,目光通常是低垂的。

但是,我沮丧的时候,就是如此,聚精会神的。他很诚恳地说。我只得服输。是啊,你不能否认有些人虽败犹荣,屡败屡战,永远目光如炬。

再一次轮到他表演的时候,我格外地当心。看到他拿了纸条,踌躇了一下,然后胸有成竹地开始演示。

目光炯炯,眉头紧皱,身板僵直,双手攥拳……

看到我的茫然愁苦的模样,他善解人意地加上了一个补充动作——紧抿嘴角……

我极快地调侃道,干脆杀了我。我无法破译你的密码。

轮到他吃惊,说,我有那么神秘吗?其实,这一次,我表达的是一种很平和的情绪——安静!

我几乎昏了过去,说,您的大驾尊容,居然能称得上是安静?!我想,当你自以为安静的时候,周边的人,绝不敢打扰你。

说者无心,听者有意。他静默了片刻,一拍大腿说,喔,你这样一讲,我就明白了,为什么我以为自己慈祥的时候,大家依然说我严厉……

那一次令人难忘的游戏,它的结尾有些苦涩的味道。因为我的这位朋友,无论他拿到写着怎样字迹的纸条,他的表情都像一个模子里刻出来的。目光炯炯……嘴角紧抿……甚至当"爱情"出现的时候,他也如此刻板和冷峻。

我问他,你成家了吗?

他说,成了。但是,又散了。

我说，还打算成吗？

他说，暂时没有打算。

我说，没有了好。

他说，你为什么这样说？

我说，我的意思是，你若不把表情修改一下，即使有了女朋友，也会莫名其妙地走开。

我后来同这位老板，详细地探讨了他的表情。他说，我一个当老板的，哪能事事都流露在脸上，让人看个透明？我这是深沉。

我说，表情的僵化和不动声色，并不能画等号。对家人和对谈判对手，哪能一样？周恩来可算是大家，他的表情就丰富得很，并非整天板着阶级斗争的脸。咱们常常羡慕外国的老板当得潇洒，其中重要的——就是他们真实。当怒则怒，当喜则喜。况且，老板也是人，也有七情六欲。事业做得好，人也要活得自然、自在。

后来，我和这位老板进行了比较深入的谈话，才明白在他那千篇一律的面具之后，准确地说，既不是焦虑，也不是沮丧，当然更不是安静，而是——紧张。

紧张，是现代人逃脱不掉的伴侣。

紧张的时候，我们的心跳加快，瞳孔睁大，呼吸急促，血流湍急……我们的思索急迫而锋利，我们的行动敏捷而有力。

紧张这个词，很多年以前，被写进一所著名大学的校训。我想，那时它一定是有的放矢，有着历史的必然和辉煌的功绩。

时代在发展，如今，当我们不再从战火和铁血的角度看待紧张的时候，紧张就有了更多探讨的意义。

短时间的紧张，很好，会使我们焕发出非凡的爆发力。不过，世界上的事情，一蹴而就的，肯定有，但终是有限。大量的成功，孕育在日积月累的跋涉。紧张是一百米短跑，成长则是马拉松比赛。长久的紧张，如同长久的鞭策一样，是不能维持的，它会导致反应的迟钝。紧张可以应对一时，紧张却无法达至永恒。

紧张是一种无休止的激动，是一种没有间歇的高亢，是一种针插不进水泼不进的致密，是一种应急和应激的全力以赴。

你见过没有起落的江河吗？你听过没有顿挫的乐曲吗？你爬过没有沟崖的山峦吗？你走过没有悲喜的人生吗？

紧张是面具。紧张的下面，潜伏着怎样的暗流？换句话说，什么导致我们长久僵硬的紧张？

紧张的人，思维是直线而不是发散的，因为他的注意力太集中了，心就无旁骛。当我们的视野中只有一个目标的时候，它是收束和狭窄的。（不是指远大的唯一的目标，是指运筹帷幄的策略。）我们的显意识之下，是辽阔的潜意识。当紧张的时候，理智和经验就占据了上风，而人类在长久的进化中所积累的本体感觉，被抑制和忽略。所以，紧张的人，很容易累。因为他是在用5%的能力，负载着100%甚至更高的压力，怎么能集思广益化险为夷呢？

紧张的人，其实是不安全的。他处于风声鹤唳之中，对自己的位置和处境，有深深的忧虑。他大张着自己所有的感官——眼睛瞪着，耳朵开放，手脚绷紧，呼吸也是浅而快的……他的全身就像一架打开的雷达，侦察着周围的一草一木。

他因袭着以往的重担，关注着周围的一举一动，他无法平和地看待他人和看待自己。紧张的人，睡眠通常不良。因为在睡梦中，他也不由自主地睁着半只眼睛。

打个比喻。什么动物最易于紧张呢？通常一下子就会想起老鼠兔子麻雀之类的，大都是弱小的谨慎的没有强大的防御能力的生灵。如果是老虎狮子大象甚至蟒蛇，我们想起它们的时候，可以觉得它们或懒洋洋或佯装安宁，但我们不会浮现出它们是紧张的这样一个印象。在突袭猎物的时候，它们快则快矣，狠则狠矣，你可以痛恨它，但它依然是从容和大智若愚。它们不紧张。

再举南极洲的企鹅为例，这些穿西服的鸟们，似乎也没有伶牙俐齿可供攻伐猎物与保障自身，胖墩墩的，战斗力不强，但是，它们毫无疑义地不紧张。因为，不是来自它们自身的强大，而是没有人类的迫害和袭扰，它们尚不知紧张为何物。

所以，紧张不是强大，只是懦弱的一件涂着迷彩的旧风衣。

紧张往往使我们看问题的角度趋向负面。因为不安全，所以防御感强，假如在判断不清的时候，首先断定对方是有敌意和杀伤力的，考虑自己怎样防卫怎样规避怎样逃脱……紧张会使我们误会了朋友的友谊，曲解了爱情的试探，加深了创伤的痛楚，减缓了复原的时机。在紧张的时刻，决定往往是短期和激烈的。

紧张的时候，我们无法清晰地聆听到人真实的声音。我们自身澎湃的血流，主导了我们的听觉。我们看到的可能并非真实的世界，因为自身的目光已经有了某种先入的景象。我们无法虚怀若谷地接纳他人的意见，因为自己的念头依然盘踞在心。我们难以深刻地反省局限，因为注意力全然集中对外，内心演出了一场空城计……紧张如同凹凸镜一般，变形了真实的世界，让我们进入高度的备战状态。

紧张的人，是很难和别人和睦相处的。紧张的人，通常落落寡合慎言忧郁。紧张的人，孤独寂寞。他们可以置身于灯红酒绿车水马龙当中，好似应者云集，但他们的心，多疑多虑，挛缩成一块石头。

人们很推崇的一个词——大将风度。我以为其中极重要的组成部分，就是不紧张。每一行真正的高手，几乎都是举重若轻温柔淡定的。草船借箭诸葛空城，功夫在诗外，无论形势多么危急，他们成竹在胸。无论己方多么孤立，他们胜券在握。哪怕局面间不容发，他们眼观六路，耳听八方。大将不紧张。

保持惊奇

惊奇,是天性的一种流露。

生命的第一瞬就是惊奇。我们周围的世界,为什么由黑暗变得明朗?周围为什么由水变成了汽?温度为什么由温暖变得清凉?外界的声音为何如此响亮?那个不断俯视我们亲吻我们的女人是谁?

……

从此我们在惊奇中成长。

这个世界上,有多少值得惊奇的事情啊。苹果为什么落地,流星为什么下雨,人为什么兵戎相见,史为什么世代更迭……

孩子大睁着纯洁的双眼,面对着未知的世界,不断地惊奇着,探索着,在惊奇中渐渐长大。

惊奇是幼稚的特权,惊奇是一张白纸。

但人是不可以总是惊奇着的。在生命的某一个时辰,你突然因为你的惊奇,遭逢尴尬与嘲笑。你惊奇地发现——惊奇在更多的时候,是稚弱的表现,是少见多怪的代名词,是一种原始蛮荒的状态。

对于我们这个崇尚见怪不怪其怪自败，尊重老练成熟的民族心理中，惊奇是如胎发一般的标志。

你想成功吗？你首先需成功地把自己的惊奇掩盖起来。

我们的词典里，印着许多诸如处变不惊、宠辱不惊的词汇，使不惊镀着大将风度的金辉，而惊则屈于永久的贬义。

翻那词典，后面更有了惊慌失措、大惊失色、惊恐万分的形容，惊堕落着，简直就是怯懦、退缩、畏葸的同义词了。

于是人们开始厌恶惊奇。你想做大事吗？一个必备的基本功，就是训练自己丧失惊奇。

你看到爱情远不是传说中那般纯洁，你不要惊奇。

你看到生活远没有书本上描写的那么美好，你不要惊奇。

你看到友谊根本不是故事中那般忠诚，你不要惊奇。

你看到日子绝不如想象中那般绚烂，你不要惊奇……

如果你惊奇了，你就违反了一条透明的规则，会遭到别人阳光下或是暗影里的嘲笑：这个孩子还嫩着呢。

你在一次次碰壁后省悟到：即使你对这个世界还一知半解，你还搞不清问题的全部，但有一点你现在就能做到——那就是——埋葬你的惊奇。

你看到丑恶，假装没有看到，依旧面不改色谈笑风生，人们就会送你人情练达的评价。你听到秽闻，仿佛在那一刻患了突发性的耳聋，脸上毫无表情，人们会感觉你老于世故可以信赖。你被美丽美好美妙的景色感动，只可以默默地藏在心底，脸上切不可露出少见多怪的惊异，人们就会以为你少年老成，有大谋略大气魄，是可做将帅的优良材料。你碰到可歌可泣的人间至情，要把心肠练得硬如钻石，脸不变色心不跳。就算真搅得肝肠寸断，只可夜晚躲在无人处暗自咀嚼，切不可叫人觑了去，落得个柔情寡断的罪名……

现代社会是一只飞速旋转的风火轮，把无数信息强行灌输给我们。见多不怪，我们的心灵渐渐在震颤中麻痹，更不消说有意识地掩饰我们的惊讶，会更猛烈地加速心灵粗糙。在纷繁的灯红酒绿和人为的打磨中，我们必将极快地丧失掉惊奇的本能。

于是我们看到太多矜持的面孔。我们遭遇无数微笑后面的冷淡。我们把惊奇视作一种性格缺憾，我们以为永不惊讶才是人生的至高境界。

细细分析起来，惊奇是由两部分组成的，先有了惊，其次才是奇。如果说惊属于一种对陌生事物认识局限的愕然，奇则是对未知事物积极探讨的萌芽了。

否认了惊，就扼杀了它的同胞兄弟。我们将在无意之中，失去众多丰富自己的机遇。

假如牛顿不惊奇，他也许就把那个包裹着真理的金苹果，吃到自己的小肚子里面了。人类与伟大的万有引力相逢，也许还要迟滞很多年。

假如瓦特不惊奇，水壶盖噗噗响着，一个划时代的发现，就蒸发到厨房的空气中了。我们的蒸汽火车头，也许还要在牛车漫长的辙道里蹒跚亿万公里。

即使对普通人来说，掩盖惊奇，也易闹笑话。一位乡下朋友，第一次住进城里的宾馆。面对盥洗室里那些式样别致的洁具，他想不通人洗一个脸，何至于要如此麻烦。他不会使用这些物件，本来请教一下服务小姐，也就迎刃而解了。可是他不想暴露自己的惊奇，就用地上一个雪白的盛着半盆水的瓷器，洗了脸。后来他才知道，那是马桶。

这当然是一个极端的例子了。我之所以把它写在这里，绝无幸灾乐祸之意。现代社会令人眼花缭乱，每个人在某种意义上说，都是孤陋寡闻的。你在你的行业里是专家里手，在其他领域，完全可能是白痴，这不是羞愧的事情，坦率地流露惊奇，表示自己对这一方面的无知以及求知的探索，是一种可嘉的勇气。

我认识一位老人，一天兴致勃勃地同我探讨电脑的种种输入方法，他整整82岁了，肾脏功能已经衰竭，我坚信他这一辈子也不可能在电脑键盘上敲出一个字。他在自己的专业范畴里，是一位德高望重的长者，但对电脑的理解多有谬误，就连我这个二把刀也听出了许多破绽。但是老人家充满探索之光的惊奇的眼神，却在这一瞬像探照灯一样扫过我的灵魂。面对他青筋暴突微微颤抖的手，我想，不知我这一生可否活得这样高寿？不论我生命的历程有多长，我一定要记得这目光炯炯的惊奇，学习他对世界的这份挚爱。决不仅仅沉浸在熟悉的航道，要始终保持对辽阔海域的探索，直到我最后一次呼吸。

惊奇是一种天然，而不是制造出来的。它是真情实感的火花。一块滚圆的鹅卵石，便不再会惊讶江河的波涛。惊奇蕴涵着奋进的活力。

惊奇不仅仅是幼稚，惊奇不仅仅是无知，惊奇是在它们基础上的深化和挺进。

你既然惊奇了，你就要探索这奥妙。你既然惊奇了，你就不能仅仅止于惊奇。爱好惊奇的人，也需将惊奇转化为平凡。消灭惊奇的过程，也就是学习的过程，惊奇在熟悉中淡化，才干在惊奇中成长。

世界是没有止境的，惊奇也是没有止境的。惊奇是流动的水，它使我们的思想翻滚着，散发着清新，抗拒着腐烂。

在城市里待得久了，常常使我们丧失惊奇的本能。我们蟮一样滑行着，浑身粘满市侩的黏液。

到自然中去，造化永远给我们以大惊喜。和寥廓的宇宙相比，个人的得失是怎样微不足道啊。不要小看山水的洗涤，假如真正同天地对一次话，我们定会惊奇自己重新获得活力。

如果无法到自然中去，就同与自己没有利害关系的从小的朋友，做一次促膝的谈心。利害关系这件事，实在是交友的大敌。我不相信有永久的利益，我更珍视患难与共的友谊。长留史册的，不是锱铢必较的利益，而是肝胆相照的情分。和朋友坦诚地交往，会使我们留存着对真情的敏感，会使我们的眼睛抹去云翳，心境重新开朗，惊奇就在这清明的心境中，翩翩来临了。

假如既没有自然可以依傍，又没有朋友可以信赖，真是人生的大憾事。只有在静夜中同自己对话，回忆那些经历中最美好的片段，温习曾经使心灵震撼的镜头。它也许是很小的一朵旷野花，也许是冬天的一盏红灯笼，也许是苍茫的大漠暮色，也许是雄浑激荡的乐曲……总之，那是独属于你的一份秘密，只有你才知道它对于你的惊奇的意义。古语说："学而时习之，不亦说乎。"复习以往我们情感中最精彩的片段，常常会使我们整旧如新。

保持惊奇，我常常这样对自己说。它是一眼永不干涸的温泉，会有汩汩的对于世界的热爱，蒸腾而起，滋润着我们的心灵。

行使你的拒绝权

拒绝是一种权利，就像生存是一种权利。古人说，有所不为才能有所为。这个"不为"，就是拒绝。人们常常以为拒绝是一种迫不得已的防卫，殊不知它更是一种主动的选择。

纵观我们的一生，选择拒绝的机会，实在比选择赞成的机会，要多得多。因为生命属于我们只有一次，要用唯一的生命成就一种事业，就需在千百条道路中寻觅仅有的花径。我们确定了"一"，就拒绝了九百九十九。拒绝如影随形，是我们一生不可拒绝的密友。

我们无时无刻不是生活在拒绝之中，它出现的频率，远较我们想象的频繁。你穿起红色的衣服，就是拒绝了红色以外所有的衣服。

你今天上午选择了读书，就是拒绝了唱歌跳舞，拒绝了参观旅游，拒绝了与朋友的聊天，拒绝了和对手的谈判……拒绝了支配这段时间的其他种种可能。

你的午餐是馒头和炒菜，你的胃就等于庄严宣布同米饭、饺子、馅饼和各式各样的煲汤绝缘。无论你怎样逼迫它也是枉然，因为它容积有限。

你选择了律师这个职业，毫无疑问就等于拒绝了建筑师的头衔。也许一个世纪以前，同一块土地还可套种，精力过人的智慧者还可多方向出击，游刃有余。随着现代社会的发展，任何一行都需从业者的全力以赴，除非你天分极高，否则兼做的最大可能性，是在两条战线功败垂成。

你认定了一个男人或是一个女人为终身伴侣，就斩钉截铁地拒绝了这世界上数以亿计的男人或女人，也许他们更坚毅更美丽，但拒绝就是取消，拒绝就是否决，拒绝使你一劳永逸，拒绝让你义无反顾，拒绝在给予你自由的同时，取缔了你更多的自由。拒绝是一条单航道，你开启了闸门，江河就奔涌而去，无法回头。

拒绝对我们如此重要，我们在拒绝中成长和奋进。如果你不会拒绝，你就无法成功地跨越生命。拒绝的实质是一种否定性的选择。

拒绝的时候，我们往往显得过于匆忙。

我们在有可能从容拒绝的日子里，胆怯而迟疑地挥霍了光阴。我们推迟拒绝，我们惧怕拒绝。我们把拒绝比作困境中的背水一战，只要有一点可能，就鸵鸟式地缩进沙砾。殊不知，当我们选择拒绝的时候，更应该冷静和周全，更应有充分的时间分析利弊与后果。拒绝应该是慎重思虑之后一枚成熟的浆果，而不是强行捋下的酸葡萄。

拒绝的本质是一种丧失，它与温柔热烈的赞同相比，折射出冷峻的付出与掷地有声的清脆，更需要果决的判断和一往无前的勇气。

你拒绝了金钱,就将毕生扼守清贫。

你拒绝了享乐,就将布衣素食天涯苦旅。

你拒绝了父母,就可能成为飘零的小舟,孤悬海外。

你拒绝了师长,就可能被逐出师门,自生自灭。

你拒绝了一个强有力的男人的帮助,他可能反目为仇,在你的征程上布下道道激流险滩。

你拒绝了一个神通广大的女人的青睐,她可能笑里藏刀,在你意想不到的瞬间刺得你遍体鳞伤。

你拒绝了上司,也许象征着与一个如花似锦的前程分道扬镳。

你拒绝了机遇,它永不再回头光顾你一眼,留下终生的遗憾任你咀嚼。

……

拒绝不像选择那样令人心情舒畅,它森严的外衣里裹着我们始料不及的风刀霜剑。像一种后劲很大的烈酒,在漫长的夜晚,使我们头痛目眩。

于是我们本能地惧怕拒绝。我们在无数应该说"不"的场合沉默,我们在理应拒绝的时刻延宕不决。我们推迟拒绝的那一刻,梦想拒绝的冰冷体积,会随着时光的流逝逐渐缩小以至消失。

可惜这只是我们善良的愿望,真实的情境往往适得其反。我们之所以拒绝,是因为我们不得不拒绝。

不拒绝,那本该被拒绝的事物,就像菜花状的癌肿,蓬蓬勃勃地生长着,浸润着,侵袭我们的生命,一天比一天更加难以救治。

拒绝是苦，然而那是一时之苦，阵痛之后便是安宁。

不拒绝是忍，心字上面一把刀。忍是有限度的，到了忍无可忍的那一刻，贻误的是时间，收获的是更大的痛苦与麻烦。

拒绝是对一个人胆魄和心智的考验。

因为拒绝，我们将伤害一些人。这就像春风必将吹尽落红一样，有时是一种进行中的必然。如果我们始终不拒绝，我们就不会伤害别人但是我们伤害了一个跟自己更亲密的人，那就是我们自己。

拒绝的味道，并不可口。当我们鼓起勇气拒绝以后，忧郁的惆怅伴随着我们，一种灵魂被挤压的感觉，久久挥之不去。

因为惧怕这种难以言说的感觉，我们有意无意地减少了拒绝。

在人生所有的决定里，拒绝是属于破坏而难以弥补的粉碎性行为。这一特质决定了我们在做出拒绝的时候，需要格外镇定与慎重。

然而拒绝一旦做出，就像打破了的牛奶杯，再不会复原。它凝固在我们的脚步里，无论正确与否，都不必原地长久停留。

拒绝是没有过错的，该负责任的是我们在拒绝前做出的判断。

不必害怕拒绝，我们只需更周密的决断。

拒绝是一种删繁就简，拒绝是一种举重若轻。拒绝是一种大智若愚，拒绝是一种水落石出。

当利益像万花筒一般使你眼花缭乱之时，你会在混沌之中模糊了视线。尝试一下拒绝吧。

你依次拒绝那些自己最不喜欢的人和事，自己的真爱就像退潮时的礁岩，嶙峋地凸现出来，等待你的攀缘。

当你抱怨时间像被无数餐刀分割的蛋糕，再也找不到属于你自己的那朵奶油花时，尝试一下拒绝。

你把所有可做可不做的事拒绝掉，时间就像湿毛巾里的水，一滴一滴地拧出来了。

当你发现生活中蕴涵着太多的苦恼，已经迫近一个人能够忍受的极限，情绪面临崩溃的边缘时，尝试一下拒绝吧。

你也许会发现，你以前不敢拒绝，是怕增添烦恼。但是恰恰相反，拒绝像一柄巨大的梳子，快速地理顺了杂乱无章的日子，使天空恢复明朗。

当你被陀螺般旋转的日子搅得耳鸣目眩，忘记了自己是从哪里来、要到哪里去的时候，尝试一下拒绝吧。

你会惊讶地发觉自己从复杂的包装中清醒，唤起久已枯萎的童心，感叹我们每一个人都是自然之子。拒绝犹如断臂，带有旧情不再的痛楚。

拒绝犹如狂飙突进，孕育天马横空的独行。

拒绝有时是一首挽歌，回荡袅袅的哀伤。

拒绝更是破釜沉舟的勇气，一种直面淋漓鲜血惨淡人生的气概。

拒绝也不可太多啊。假如什么都拒绝，就从根本上拒绝了每个人只有一次的辉煌生命。

请智慧地勇敢地行使拒绝权。这是我们每个人与生俱来的权利，这是我们意志之舟劈风斩浪的白帆。

你站在金字塔的第几层

美国心理学家马斯洛有一段名言:"如果你有意地避重就轻,去做比你尽力所能做到的更小的事情,那么我警告你,在你今后的日子里,你将是很不幸的。因为你总是要逃避那些和你的能力相联系的各种机会和可能性。"每逢读到,我总是心怀战栗的感动。

一个人就像是一粒种子,天生就有发芽的欲望。只要是一颗健康的种子,哪怕是在地下埋藏千年,哪怕是到太空遨游过一圈,哪怕被冰雪封盖,哪怕经过了鸟禽消化液的浸泡,哪怕被风剑霜刀连续宰杀,只要那宝贵的胚芽还在,一旦时机成熟,它就会在阳光下探出头来,绽开勃勃的生机。

现代心理学有很多精彩的论证,这些论证不能像实证的物理化学,拿出若干铁一般的证据,心理学的很多假说,建立在对人的行为的推断和研究之上,被千千万万的人所证实。

马斯洛先生所创建的人的基本需要的"金字塔"理论,就是这样一个伟大的学说。他研究了很多人的行为和动机,特别是那些自我实现程度很高的人,之后得出了一个结论。简言之,就是在我们人类的精神内核中,存在着一个内在需要的金字塔,分成了五个台阶。

在第一个台阶上,是我们的温饱需要——最基本的生存之道。饥肠辘辘,你今晚吃什么饭?是人的第一考虑。寒冬腊月的,你今夜睡在哪里?是火车站的长凳还是马路上的水泥管?这都是头等大事。

当这个需要满足之后,紧接着就是安全的需要了。你有了吃有了住,你今天的生命是有了保障了,可是如果你被其他的人或是动物或是自然界的恶劣条件所侵犯,你远期的生命就陷在水深火热之中了。因此,一旦温饱不成问题之后,人马上就考虑安全系数。这一点,如果你不相信,尽可以放眼看去。马上能看到富人区森严的保安和世上风行的形形色色的自卫器械。当你从一个熟识的环境换到一个新环境,那不安和紧张,与陌生人交谈时的畏葸和不自在等等,都从另一个方面证实了安全对人的重要性。

现在我们已经到了金字塔的第三阶梯。在这个阶梯上大大地写着"爱"。这不仅是男女之爱、亲子之爱、手足之爱……这些源于血缘和繁衍的爱意,还有同伴之爱、集体之爱、祖国之爱、民族之爱、文化之爱……总之,这里所提到的"爱",有着宽泛的含义,但它是那样不可或缺,是人类精神活动的高级需要。我们常常说,一个不懂得爱的人,是灰暗和孤独的。就是说人的精神需要如果不能完成这种超越和提升,就是饱含瑕疵的半成品。

爱之高处,就是尊严感了。人是一种特殊的动物,人是有尊严感的。一条虫子可以没有尊严,一株树木可以没有尊严,但是一个人,不是这样。如果丧失了尊严感,那就不是一个完整的人了。中国的古话里有"不吃嗟来之食",有"士可杀不可辱",有

"君子一言，驷马难追"等等，讲的都是尊严的问题。

在金字塔的最高点，屹立着自我价值的体现和追求。什么是自我价值的最高体现——那就是充满了创造性的劳动。我以为劳动是有高下之分的，不是指的在价值层面上，而是指在带给人的由衷喜悦程度上。你可以想象并同意一个科学家，在得不到任何报酬的情形下，不倦地研究某一个与现实相隔十万八千里的学术问题，比如"哥德巴赫猜想"，为自己换不到一块窝窝头，但毫无疑问陈景润乐在其中。你基本上不能同意一位老农在得知三年没人收购麦子的情况下，除了自己够吃之外还会不辞劳苦地广撒麦种。在前者，创造性的劳动里面蕴含着强大的挑战和快乐；在后者，则充斥着重复性劳动的艰辛和疲惫。

人类精神需要的金字塔，在某种意义上讲，是一种铁律，几乎是不可逃避。当然，我们不能想象一个人在自己的温饱都得不到保障的时候，能够像斯蒂芬·霍金那样去研究宇宙大爆炸这样的问题。这也就是鲁迅先生所说的：年轻人，一是要生存，二是要发展。有一个顺序，有孰先孰后的问题。在解决了温饱和安全这些最基本的生存需要之后，你必定要不满足，你必定要有新的追求，人类精神发育的法则你是绕不过去的。你吃得饱了，你睡得暖了，你有大房子了，你安居乐业了，你很有安全的保障了。可是，我敢说，你在心底最深邃的地方，你有火焰一样的躁动，你如果无法满足它，你就没有恒久的快乐。

让我们回到本文开端所引用的马斯洛的那段话。你以为你逃避了风险，你以为你躲避了责任，你以为你成功地掩饰了自己的才华，你以为你心甘情愿地收敛包裹自己，你就可以在人们的艳羡之中，安安稳稳地过此一生了吗？我相信你可以用奢华的装备和风流倜傥的举止，成功地欺骗几乎所有的人，包括和你至亲至爱之人，但是，每每月朗星稀之时，你永远欺骗不了的一个人，就会在你独处的时候，顽强地站在你的面前，拷问你，鞭挞你，谴责你，纠正你……这个人不是别人，正是你自己！由于每一个人都是那样与众不同，由于你所具有的内在生命力一直在熊熊燃烧，所以，当你完成了自己人生的台阶之后，你就要向上攀登。你只有在这种不倦的探索中，才能丰富自己的人生，才能得到生命的欢愉，才感到自己内在的充实和价值。

人是追求创造性快乐的动物，如同飞越大洋的候鸟的脑内罗盘，掌控着我们的一系列选择和决定。你一生将成为怎样的人？在你的价值体系里，是怎样的顺序？这些看起来很浩大很空茫的标准，实际上很细致地决定着我们工作学习生活的各个层面。

记得我在北大讲演的时候，递上来一个纸条，上面写着："我智商很高，从小到大一直是班干部，考上北大更证明了我的实力。只要我愿意，继续读硕士和博士都不成问题。我选择金钱作为我一生奋斗的目标，你看怎样？"

我把这个纸条念了。我说我很感谢这位同学对我的信任，我说人生的价值是多元的，以金钱为自己终生的奋斗目标，也大有人在。但我以为，金钱只是手段，在它之后，还有更为深在的目标在导引着你。如果你唯钱是图，那么，你的周围将没有真正的朋友。因为古往今来，已经无数次地证明了，在金钱的旗帜下，会聚拢来很多无耻小人。同时，你很可能得不到真正的爱情。因为爱情可以被金钱所出卖，却不可被金钱所购买。那个爱上你的人，有可能不是爱你本人，而是爱上了你的信用卡。如果你把金钱当成了证明你的自我价值的工具，我要说，除了单一和狭隘，还有一种盲从。你用世俗的标准代替了内在的准星。

我翻阅了几期《华融之声》,看到华融人的志气和理想。谈到从工商行调到华融来的理由,最主要的是期望自己的能力得到更好的发展。我觉得这是很好的理由,是内心和外在的统一,是朝着自我实现路上的迈进。当然了,自我实现的路,绝不会是一帆风顺的。我们常常会遭遇到挫折和失败。但人生的价值并不在于永远是胜利和成功,而在于这个过程当中,我们得到了独一无二的属于自己的体验。在生存之道解决之后,在工作中得到乐趣,就是一个极好的选择。要知道,我们每个人,一生用于工作之中的时间,大于 7 万个小时。可不要小瞧了这 7 万个小时,如果你是在快乐和创造中,你是在寻找自我价值的挑战中,你的人生就会过得很充实。如果你只是为了更多的钱,更宽敞的房子,更多的应酬和名声上的虚荣,你将在 7 万个甚至更多的时间里,委屈着自己,扼杀着自己,毁灭着自己的自由。

我在美国印第安人的保留地,遇到一位印第安族的心理学家。她说,在我们古老的印第安人那里,有一个风俗,即使是自己的温饱没有解决,我们也会用自己的食物拯救他人。因为,对我们来说,帮助别人是精神的传统。

她说,我并不是要挑战马斯洛,我只是说,精神有时比肉体更重要。这是那位印第安族心理学家最后留给我的话。

你要学着自己强大

小时候学古诗,杜甫的这几句背得熟:"挽弓当挽强,用箭当用长。射人先射马,擒贼先擒王。"主要是因为它像个童谣,或者说简直是个顺口溜。

问过大人,"挽强"是什么意思。大人说,强就是指弓很硬,拉这种弓要用大力气,好处是射得远。从此把"强"和弓联系起来,再说,谁让这个强字的偏旁部首就是个"弓"呢?更是和弓箭逃不脱干系了。

渐渐年长,才知这个"强"字的根源,和弓箭并没有丝毫相关,那答案真是匪夷所思,本意居然说的是一枚虫。这要从"强"的繁体"強"说起,它原本的模样是在"弘扬"的"弘"字右下角嵌进了个"虫"字组成。改成简体字的时候,将"弘"的右半边改成了一个"口",让无限的深意丢却了注脚。它原本是什么意思呢?"虫"指代的是单一的卑微生命。不过若这小虫把体内的精神弘扬出来,就构成了坚强雄厚的力量。

这个字里蕴含的能量,让人心意难平。"强"字像个微电影,描绘了一条卑弱小虫的奋斗史。

再来说说这个"大"字。

有一些字，因为太熟稔，念起它们的时候，就像嘴巴接触了牙膏，虽知是异物，却难得留心思谋它的深意。"大"是什么意思呢？就是范围广，高度高，体积阔吧？估计大多数人都会同意这个解释。

"大"的本义，其实和范围高度什么的毫无关系，就是非常单纯地独指一个人。

汉字是象形字，在甲骨文里，这个"大"字伸胳膊撂腿，就是一个人的体态临摹。西周战国之后大行其道的金文中，"大"也是笔触鲜明、四肢俱全的人形。与甲骨文笔道细弱的"大"字相比，金文粗肥猛壮，把人的形象镌刻得更雄硕伟岸。

等到了小篆和现代文字，这个"大"字就和人的形状渐行渐远，一时让人想不起命名它时的初心，不那么相似了。

"强大"是"强"和"大"组成的一个铿锵有力的词。你看到它，不由得会挺起胸膛浑身充满能量。但倘若问某人，你觉得自己强大吗？大多数都会说，我还不够强大，我希望自己有一天会强大起来。

然而，错了。我们每个人，本身就是强大的。强大的原意指的就是一个卑微如虫的生命，只要将精神弘扬出来，它就有力量。只要你是一个人，天然就强大。

爱因斯坦说过：有百折不挠的信念所支持的人的意志，比那些似乎是无敌的物质力量有更强大的威力。

我们孜孜以求的强大，以为远在天边的强大，以为要靠什么人赐予或是相助才能达到的境界，其实原驻于自己身上。

一个再弱小的人，也比一条虫子要有力量。

所以，强大并不难，难的是我们不自知自己的强大。这真是天下第一大悲剧。我们四处寻找的东西，我们以为自己一生也不可能具备的东西，其实从未须臾离开过我们。

我们要学习的不是如何让自己强大起来，而是让自己原本就具有的强大，拂去尘埃，闪闪发光，铮铮作响。

毛笔就在我们手里，墨汁瓶盖已经打开。如果你的时间足够，慢慢研磨墨汁也是极好。总之万事俱备，只等我们用自己的心和手，书写人生的美丽篇章。

我们有很多瑕疵，但只要内心坚定，我们就依然强大。我们可以修补自己的瑕疵，也可以携带着瑕疵前进。这个世界上没有瑕疵的人根本没有出生。

我们有很多不完善，但只要宽容待人待己，我们就依然强大。完善可以不懈追求，但不必形成坚硬桎梏。世上的事情就像吃饭，八分饱即是完美。处处尽善尽美，就是一种无言的慢性自杀。

我们常常受伤，伤痕累累。不过，听说只有一生都圈养在棉花堡中的牲畜，才不会受伤，留待把它们的皮毛制成贵人的衣裳。我们要和命运厮杀，哪里能不受伤，受伤不是耻辱，而是勋章。强大也会受伤，只不过修复的能力比较强，速度比较快，能够在更短的时间内重上战场。

据说每个人每天都会和自己进行 5000 次对话，其中绝大多数话语都是在否定自己。比如说：我很差，我无力，我不行，我要等等看，算了……这一切的根源，都来自我们认定自己不强大。

"你生而有翼，为何竟愿一生匍匐前进，形如虫蚁？"这是贾拉尔·阿德丁·鲁米的诗，每当读起，我都心生痛楚的觉醒。

希望从今天开始，我们对自己说的第5001次话是——我已学会了自己强大。

坦言——心灵的力量

在报上看到两个年轻人的故事。他们非常聪明，是很好的朋友，都有硕士学位，并且在证券业有骄人的成就。其中一位还获得过全国证券交易排行榜第五名。

他们可谓少年得志，面前也有辉煌的前景。受一位朋友的引荐，他们双双接受一家公司的委托，成为国债交易的操盘手。应该说，他们的工作很努力，两个月后，他们已经为公司净赚了两百万元。但是，公司一直未与他们签订聘用合同，也没有在提成方面有一个明确的分配。他们内心不平衡，甲就对乙说，咱们给公司赢了那么多利，他们对我们也没有个交代，找个时间把国债做一下，给公司施加一点压力。

两个人策划之后，一个自以为得计的阴谋形成了。他们又找到了在武汉也是做操盘手的丙，让他准备一笔两千万的款子，伺机而动。

约定的日子到了。他们的手法说复杂很复杂，不在其中的人，是绝不能操纵成功的。说简单也简单，就是甲和乙不按常理，在开盘集合竞价的时候，把一只头一天还报113元卖出的国债,共计四万手,按80块钱卖出,企图让武汉的丙把它们买下来。最后给公司造成了四百万元的损失。

现在,这两位曾经才华横溢前程远大的青年,在铁窗内度着生涯。他们的一生将因此笼罩在巨大的阴影中。在牢狱中,他们叹息自己不懂法律,付出了惨痛的代价。也许法学家或是金融家能从这一案例当中分析出各种经验教训,在我看来,还有一个极为重要的方面不应被忽视。

这一重大案件就是因为甲和乙的心理不平衡造成的。他们还不够有经验,在和公司合作伊始,就要把劳务合同和奖惩条例签好,这是他们的一个失误。有了失误可以挽回,他们本可以向公司方面坦陈自己的意见,来个亡羊补牢。可是,他们似乎根本就没有朝这个正确的方向努力,而是一步就迈向了法律所禁止的边缘,开始了犯罪的谋划。

我们常常听到这样的故事。一对年轻人,彼此都很有好感,可是谁都没有勇气表白自己的内心。于是无数的旁敲侧击,无数的委屈误会,无数试探和揣摩,窗户纸始终不能捅破。结果呢,清高占了上风,谁都等着对方说第一句话,最后不了了之。漫长岁月后,都已人到暮年,再次重逢坦露心迹,才知彼此的家庭都不幸福,后悔当年的迟疑。但现实是残酷的,逝去的青春不可能改写,只能存留永远的遗憾。

回想我们的经历,真是有太多时候,我们没有勇气将自己的真实想法和盘托出,我们一厢情愿期待着事件按照我们的想象向前发展。可惜这样的机遇总是十分稀少,不如意者十之八九。一旦失望,要么是退避躲让,要么是走向极端,却忘了一条最直接最简单的捷径,那就是坦言。

其实那两位年轻的操盘手，如果在走马上任三个月后，认为没有得到相应待遇，心中愤愤，就可以直截了当地提出意见，争取自己的利益。如果公司方面答复不如意，也可以用更坚决更理智的方法，争取合法权益。可惜啊，他们舍近求远，他们弃易取难，甚至不惜用犯罪这样极端的手段，来达到一个原本正当的目的。

世上有多少痛苦和支离破碎，是因为双方的故弄玄虚？世上有多少悲剧，是因为误解和朦胧而发生？世间有多少罪恶，是因为隔膜和延宕而萌动？世上有多少流血和战争，是因为彼此的关闭和封锁而爆发？

坦言的"坦"字，在字典里的含义是"平"。把自己想要表达的意见，一马平川地说出来，不遮掩，不隐藏，不埋设地雷不挖掘壕沟，不云山雾罩也不神龙见首不见尾……清晰明白，心平气和，这是做人的基本功之一。

"坦言"常常被误认为是缺少城府、涉世不深，其实这是一个天大的误会。在素以严谨著称的外交谈判中，坦率也是一个使用频率极高的词汇。越是面对分歧和隔阂，越需要开诚布公的坦言。

有人以为"坦言"是一个技术性的问题，以为掌握了若干讲话的小诀窍，就可游刃有余，其实"坦言"的基础是一个心理素养的问题。

首先，你要是一个襟怀坦荡、敢于负责的人。它不是阿谀奉承的话，也不是人云亦云的话。它是你自我思考的结晶，它将透露你的真实想法，所包含的信息和观点，是你人格的体现。如果你畏葸求全，唯马首是瞻，那么，你无法坦言。

坦言说起来容易，真正做起来，那过程往往令人不安和焦灼。可能是一个集会或课堂的公开发言，也可能是和你的上司或师长的对谈，可能是面对心仪的异性的首次表白，也可能是因为我们的过失而道歉和忏悔……总之，坦言是一次精神和语言的冒险，其中蕴含着情感的未知和不可预测的反应。

然而，尽管困难重重，我们还是需要坦言。坦言是一种勇敢，因为你面对着世界，发出了独属于你的声音。坦言是一种敢作敢当的尝试，因为你们既不是权势传声筒，也不是旁人的回音壁。无论你的声音多么微弱和幼稚，可那是属于你的喉咙，它昭显了你的独立和思索。

有人以为坦言是不安全的，藏藏掖掖才是老练。我要说，往往你以为最不保险的地方才是最安全的。社会节奏如此之快，你吞吞吐吐，别人怎能知晓你繁复的内心活动？如果说在缓慢的农耕社会，人们还可以容忍剥茧抽丝的离题万里，那么在现代，坦言简直就是人生的必修课了。

有人以为坦言仅仅是嘴皮子上的功夫，其实不然。有人无法坦言，是因为他不知道自己究竟需要坚守怎样的观点。坦言建筑在对自己和对社会的深切了解之上。如果你反对，你就旗帜鲜明。如果你热爱你就如火如荼。如果你坚持，你就矢志不渝。如果你选择，你就当机立断。

年轻人有一个容易犯的毛病，就是假装深沉。这个责任不在青年，而是在我们民族的约定俗成中，不恰当地推崇少年老成。年轻的特点就是反应机敏、头脑灵活、快人快语。如果强作拖沓徐缓之状，那是对青春活力的不敬。说话不在缓急，而在其中是否蕴含真情，富有真知灼见。如果一个老年人言之无物，看他体弱健忘的分上，人们还能有几分谅解的话，年轻人的故作深沉，只能让人生出悲哀。老年人对于新生事物，难以避免倦怠，但一个年轻人，违背天性欲盖弥彰，那简直就是逃避和无能的同义词了。

坦言的核心是自信，是尊重自己也是尊重他人。你值得我信任，所以我对你说真话。你可以拒绝我的意见，但不要轻视我的热情。我信任我自己是有价值的，所以我能够直率地面向这个世界。

学会坦言，会对人的一生发生重大的影响。我看过很多应聘成功的例子，那骨子里很多是面对权威的坦言。坦言常常更快地显露你的人品和才华，显露你应变的能力。坦言是现代社会人际互动中极富建设性的策略，是一种建立良好情感环境的强大动力。

很多人在开始尝试坦言的时候，常易紧张和失态。如同一只刚刚出壳的小鸡，感到湿漉漉的寒冷。但是，你一定要坚持下去，你一定会渐渐地熟练。坦言之后，即使被心爱的异性拒绝，也比潜藏着愿望追悔一生要好。即使得罪了昏庸的上级，也比唯唯诺诺丧失了人格要好。因为坦言，我们把自己的弱点暴露在光天化日之下，就更有了改正和提升的动力。因为坦言，我们会结识更多肝胆相照的朋友，会获得更多打磨历练的机遇。

珍惜坦言，那是一种心灵力量的体现。我们的意志在坦言中捶打，变得坚强。我们的勇气在坦言中增强，变得坚定。我们的爱在坦言中经受风雨，变成养料。我们的友谊在坦言中纯粹，变得醇厚。

坦言会让我们失去面纱，得到赤裸裸的真实。世上有很多人是经受不起坦言的，一如雪人不能和春风会面。但是，这正说明了坦言的宝贵。从年轻就学会坦言，那就等于你获得了一棵益寿延年的心理灵芝。你可以在有限的时间内，得到更多行动和交流的自由。

爱的回音壁

现今中年以下的夫妻，几乎都是一个孩子，关爱之心，大概达到中国有史以来的最高值。家的感情像个苹果，姐妹兄弟多了，就会分成好几瓣。若是千亩一苗，孩子在父母的乾坤里，便独步天下了。

在前所未有的爱意中浸泡的孩子，是否物有所值，感到莫大幸福？我好奇地问过。孩子们撇嘴说，不，没觉着谁爱我们。

我大惊，循循善诱道，你看，妈妈工作那么忙，还要给你洗衣做饭；爸爸在外面挣钱养家，多不容易！他们多么爱你们啊……

孩子们很漠然地说，那算什么呀！谁让他们当了爸爸妈妈呢？也不能白当啊，他们应该的。我以后做了爸爸妈妈也会这样。这难道就是爱吗？爱也太平常了！

我震住了。一个不懂得爱的孩子，就像不会呼吸的鱼，出了家族的水箱，在干燥的社会上，他不爱人，也不自爱，必将焦渴而死。

可是，你怎样让由你一手哺育长大的孩子，懂得什么是爱呢？从他眼睛接受第一缕光线时，已被无微不至的呵护包绕，早已对关照体贴熟视无睹。生物学上有一条规律，当某种物质过于浓烈时，感觉迅速迟钝麻痹。

如果把爱定位于关怀，随着孩子年龄的增长，对他的看顾渐次减少，孩子就会抱怨爱的衰减。"爱就是照料"这个简陋的命题，把许多成人和孩子一同领入误区。

寒霜陡降也能使人感悟幸福，比如父母离异或是早逝。但它是灾变的副产品，带着天力人力难违的僵冷。孩子虽然在追忆中，明白了什么是被爱，那却是一间正常人家不愿走进的课堂。

孩子降生人间，原应一手承接爱的乳汁，一手播洒爱的甘霖，爱是一本收支平衡的账簿。可惜从一开始，成人就间不容发地倾注了所有爱的储备，劈头盖脸砸下，把孩子的一只手塞得太满。全是收入，没有支出，爱沉淀着，淤积着，从神奇化为腐朽，反让孩子成了无法感知爱意的精神残疾。

我又问一群孩子，那你们什么时候感到别人是爱你的呢？

没指望得到像样的回答。一个成人界都争执不休的问题，孩子能懂多少？比如你问一位热恋中的女人，何时感觉被男友所爱？回答一定光怪陆离。

没想到孩子的答案晴朗坚定。

我帮妈妈买醋来着。她看我没打了瓶子，也没洒了醋，就说，闺女能帮妈干活了……我特高兴，从那会儿，我知道她是爱我的。翘翘辫女孩说。

我爸下班回来，我给他倒了一杯水，因为我们刚在幼儿园里学了一首歌，词里说的是给妈妈倒水，可我妈还没回来呢，我就先给我爸倒了。我爸只说了一句，好儿子……就流泪了。从那次起,我知道他是爱我的。光头小男孩说。

我给我奶奶耳朵上夹了一朵花,要是别人,她才不让呢,马上就得揪下来。可我插的,她一直戴着,见着人就说,看,这是我孙女打扮我呢……我知道她最爱我了……另一个女孩说。

我大大地惊异了。讶然这些事的碎小和孩子铁的逻辑。更感动您们谈论时的郑重神气和结论的斩钉截铁。爱与被爱高度简化了,统一了。孩子在被他人需要时,感觉到了一个幼小生命的意义。成人注视并强调了这种价值,他们就感悟到深深的爱意。在尝试给予的同时,他们懂得了什么是接受。爱是一面辽阔光滑的回音壁,微小的爱意反复回响着,折射着,变成巨大的轰鸣。当付出的爱被隆重地接受并珍藏时,孩子终于强烈地感觉到了被爱的尊贵与神圣。

被太多的爱压得麻木,腾不出左手的孩子,只得用右手,完成给予和领悟爱的双重任务。

天下的父母,如果你爱孩子,一定让他从力所能及的时候,开始爱你和周围的人。这绝非成人的自私,而是为孩子一世着想的远见。不要抱怨孩子天生无爱,爱与被爱是铁杵成针百年树人的本领,就像走路一样,须反复练习,才会举步如飞。

如果把孩子在无边无际的爱里泡得口眼翻白,早早剥夺了他感知爱的能力,育出一个爱的低能儿,即使不算弥天大错,也是成人权力的滥施,或许要遭天谴的。

在爱中领略被爱,会有加倍的丰收。孩子渐渐长大,一个爱自己、爱世界、爱人类,也爱自然的青年,便喷薄欲出了。

千头万绪是多少

千头万绪这个词，有一种沸沸扬扬的夸张和缠人喉咙的窒息感，让人心境沮丧，捉襟见肘，好像一个泥潭，不留神陷进去，会被它掩了口鼻，呛得两眼翻白，甚或丢了性命，也说不得。

现代人很常用——或者简直就是爱好用这个词，来描绘自己的生存状况。常常听到人们说自己的处境——千头万绪，要干的工作——千头万绪，待处理的事物——千头万绪，需承担的责任——千头万绪……千头万绪几乎成了一条癞皮狗，死缠烂打地咬住每位现代人的脚后跟，斥之不去。

千头万绪是一个主观的判断，一个夸张的形容。难道对一个普通人来说，世上就真有一万件事，非得你御驾亲征不可？

当我们认定自己进入了千头万绪这一局面的时候，心先就慌了。披头散发，眉毛胡子一把抓，天空也随之阴霾。因为紧迫，就慌不择路。结果是线头越搅越多，原本可以解开的结，也成了死扣。

千头万绪有一种邪恶的威慑力，恐惧和慌乱是它的左膀右臂。一旦被这几个魔头统治了心神，我们在灾难的海市蜃楼面前,往往顿失镇定和勇气。

我认识一位女友,当她说到自己的近况时,脸色晦暗,手指颤抖,嘴唇也无目的地扭曲了,显出干涸辙印中小鱼的表情。

她的确是遇到了足够的麻烦。丈夫外遇十年,儿子正逢高考,模拟考试成绩很不理想。她接手奋战了一年的科研项目,已到了关键时刻,她的高血压又犯了,整天头晕。昨天上街由于精神恍惚,被小偷割裂了书包,偷走了上千元钱。她的邻居在装修房屋,每天电钻声吵得她耳鼓爆炸……

有的时候,真想一死了之!千头万绪啊,我看不到一点光明!她这样说,狠狠捶着自己的太阳穴。

我说,我能体会到你心中的痛楚和无奈。你想改变这一切,但感到自己的绝望和孤独。我们先找到一张白纸,把你最感痛苦烦恼的事件写下来,然后我们看看,有什么办法可以逐个解决它们。

洁白的纸,铺在桌面,如同一片无瑕的雪地。左是起因,右写对策。女友提笔写下:

1. 夜里睡不好觉,因为电钻太吵。

我很惊讶地问她,那装修的人家,居然敢冒天下之大不韪,在夜里开动电钻?

女友愣了一下,然后说,那倒不是。楼下孀居多年的邻居要结婚了,房屋不整也实在当不了新房。那家事先已出了安民告示,并于晚上八点以后,不再使用电钻。

我说,那么,你睡不好觉,就另有原因,并不能归于电钻了。

她对着白纸,看了半天,仿佛不认识自己写下的那一行字。

然后把"电钻"云云删去了，在对策一栏里，写下——吃两片安眠药。

继续整理你的烦恼。我说。

2. 丈夫外遇十年。

真是一个折磨人的大难题。我定定神问，你最近才知道吗？她嘶哑地答，早知道了。

我说，你打算最近采取行动，彻底解决这个问题吗？

她思忖着说，时机还不成熟。无论是离婚还是敦促他痛改前非，都需要时间。

我说，那它是可以从长计议的，也就是目前采取的对策是等待。

女友点点头。

3. 昨天丢了一千块钱。

我说，真倒霉啊，对你是雪上加霜。你报案了吗？

她说，报了，但是没寄什么希望。

我说，那就是说，你基本上觉得这笔损失是不可挽回的啦？

她很快地回答，是啊。

我说，不一定啊。也许你不停地愁苦下去，把自己的太阳穴敲出一个透明窟窿，小偷会良心发现，把那笔钱送回来。

她扑哧一声笑了，说，瞧你说的。那小偷根本不知道我是谁，哪怕我今天自杀了，他也不会发慈悲的。

我正色道，说得好。这笔损失，并不因你的痛楚，而有复原的可能。

女友想了想，就把这一条划掉了，重写了一个"3. 孩子考不上大学"。

我陪着她深深地叹了一口气，然后问她，你是直到今天才意识到孩子上大学无望吗？

她摇摇头，说，他学习成绩一直不好，这结果其实已在意料之中。以前总幻想能出现一个奇迹，现在彻底破灭了。

我说，不符合实际的幻想破灭，你说是件好事还是坏事？

她明白了我的用意，但还是很沉重地说，面对残酷的现实，总是让人难以接受。

我说，是啊。但事实是否因你的不接受，而有改变的可能呢？

女友说，我还是希望孩子能有接受高等教育的机会啊。

我说，此次没有考上大学，并不意味着孩子永远失去了接受高等教育的机会。

她突然抓住我的手说，你的意思是还有机会？

我说，你觉着呢？我记得你就是通过自学直接考取的研究生啊。

她沉默了很长的时间，然后一字一顿地说，是啊。孩子已经十八岁了，教会他如何应付困境，也许更重要。于是她写下对策——重新来，继续下去。

4. 高血压。

我说，你的血压是否已经像珠穆朗玛一样，成了世界上的第一高峰了呢？

她有些气恼了，说，我真的很痛苦，你却在这里穷开心。

我把脸上的笑容收起，说，对于病，也要有一个战略藐视战术重视的应对。我相信你的高血压并非到了药石罔效的地步，只要按时吃药，是可以控制的。你服药很可能不守医嘱。

她有些不好意思，反问，你怎么知道的？

我说，别忘了，我还是有二十多年医龄的老大夫。你瞒不过我的火眼金睛。

女友老老实实地交代说，一忙起来，就忘了。她规规矩矩地写上对策——遵医嘱。

女友的脸色渐渐平稳，但她还是愁肠百结地写下了最后一条。

5. 科研任务紧迫。

我说，关于此项艰巨的任务，你承担了一年。现在到了最后攻关阶段，你是否已对自己丧失了信心？

她很坚定地回答，没有。只是我的心情不好，你知道，对于一个搞研究的人来说，心情就是生产力啊。

我一拍她的手掌说，你讲得好！但心情纯属你精神领域的感觉，你为什么不能使自己的心情明亮起来呢？

她说，讲得轻松！不挑担子肩不疼，我这里千头万绪，哪里就亮得起来！

我含笑说，看看你的千头万绪，还剩下了多少？

那张洁白的纸上，写着：

失眠——安眠药

丈夫外遇——从长计议

（丢钱——自认倒霉）

儿子未考上大学——重新来

高血压——遵医嘱

科研攻关——好心情

她看了一遍又一遍，好像不相信自己的千头万绪，已细化成如此简明扼要的条款。看来，我只要今晚吃上两片安眠药，明早醒来，阳光依旧灿烂？她有些半信半疑。

我说，当所有的头绪都搅在一起的时候，的确很可怕，它们使我们的心情变得极为恶劣，智力陡然下降，判断连续失误，于是事情就进入了一个更糟糕的怪圈。把它们理清，列出对策，就可以逐一攻克了。好心情并不来源于一帆风顺，而是生长于从容和坚定的勇气中啊。

女友说，哈，我知道啦！我们每个人都有长出好心情的土地，就看你是否耕耘。

蚕是被自己的丝裹住的

蚕是被自己的丝裹住的,这是一个真理。每一个养过蚕的人和没有养过蚕的人,都知道这件事。蚕丝是一寸一寸吐出来的,在吐的时候,蚕昂着头,很快乐专注的样子。蚕并没有意识到,正是自己的努力劳动,才将自己的身体束缚得紧紧。直到被人一股脑丢进开水锅里,煮死,然后那些美丽的丝,成了没有生命的嫁衣。

这是蚕的悲剧。当我们说到悲剧的时候,不由自主地持了一种观望的态度。也许,是"剧"这个词,将我们引入歧途。以为他人是演员,而我们只是包厢里遥远的安全的看客。其实,作茧自缚的情况,绝不如想象的那样罕见,它们广泛地存在于我们周围,空气中到处都飘荡着纷飞的乱丝。

钱的丝飞舞着。很多人在选择以钱为生命指标的时候,看到的是钱所带来的便利和荣耀的光环。钱是单纯的,但攫取钱的手段却不是那样单纯。把一样物品作为自己奋斗的目标,它的危险,不在于这桩物品的本身,而在于你是怎样获取它并消费它。或许可以说,收入钱的能力还比较容易掌握,支出它的能力则和人的综合素质有极大的关系。在这个意义上讲，有些人是不配享有大量的金钱的。如同一个头脑不健全的人，如果碰巧有了很大的蛮力，那么，无论是对于他本人还是对于他人，都不是一件幸事。在一个社会财富和个人财富飞速增长的时代，钱是温柔绚丽的，钱也是飘浮迷茫的，钱的乱丝令没有能力驾驭它的人窒息，直至被它绞杀。

爱的丝也如四月的柳絮一般飞舞着，迷乱着我们的眼，雪一般覆盖着视线。这句话严格说起来，是有语病的。真正的爱，不是诱惑，是温暖。只会使我们更勇敢和智慧，但的确有很多人被爱包围着，时有狂躁。那就是爱的没有节制了。没有节制的爱，如同没有节制的水和火一样，甚至包括氧气，同是灾难性的。

水火无情，大家都是知道的。但是谈到氧气，那是一种多么好的东西啊。围棋高手下棋的时候，吸氧之后，妙招迭出，让人疑心气袋之中是否藏有古今棋谱。记得我学习医科的时候，教授讲过这样一个故事。一名新护士值班，看到衰竭的病人呼吸十分困难，用目光无声地哀求她——请把氧气瓶的流量开得大些。出于对病人的悲悯，加上新护士特有的胆大，当然，还有时值夜班，医生已然休息。几种情形叠加在一起，于是她想，对病人有好处的事，想来医生也该同意的，就在不曾请示医生的情况下，私自把氧气流量表拧大。气体通过湿化瓶，汩汩地流出，病人顿感舒服，眼中满是感激的神色，护士就放心地离开了。那夜，不巧来了其他的重病人。当护士忙完之后，捋着一头的汗水再一次巡视病房的时候，发现那位衰竭的病人，已然死亡。究其原因，关键的杀手竟是——氧气中毒。高浓度的氧气抑制了病人的呼吸中枢，让他在安然的享受中丧失了自主呼吸的能力，悄无声息地逝去了……

很可怕，是不是？丧失节制，就是如此恐怖的魔杖。它令优美变成狰狞，使怜爱演为杀机。

谈到爱的缠裹带给我们的灾难，更是俯拾即是。放眼观察，会发现很多。多少人为爱所累，沉迷其中，深受其苦。在所有的蚕丝里面，我以为爱的丝，可能是最无形而又最柔韧的一种。挣脱它，也需要最高的能力和技巧。这当中的奥秘，需每一个人细细揣摩练习。

还有工作的丝，友情的丝，陋习的丝，嗜好的丝……或松或紧地包绕着我们，令我们在习惯的窠臼当中难以自拔。

逢到这种时候，我们常常表现得很无奈很无助，甚至还有一点点敝帚自珍的狡辩。常常可以听到有人说，我也知道自己的毛病，也不是不想改，可就是改不掉。我就是这样一个人了……当他说完这些话的时候，就好像对自己和对众人都有了一个交代，然后脸上就显出安坦无辜的样子，仿佛合上了牛皮纸封面的卷宗。

每当这种时候，我在悲哀的同时，也升起怒火。你明知你的茧，是你自己吐的丝凝成的，你挣扎在茧中，你想突围而出。你遇到了困难，这是一种必然。但你却为自己找了种种的借口，你向你的丝退却了。你一面吃力地咬断包围你的丝，一面更汹涌地吐出你的丝，你是一个作茧自缚的高手，你比推石头的西西弗斯还惨。他的石头只是滚下又滚下，起码并没有变得更大更沉重。你的丝却在这种突围和分泌的交替中，汲取了你的气力，蚕食了你的信心，它令你变得越来越不喜爱自己，退缩着，在茧中藏得更深更严密更闭锁更干瘪了。

我们每个人都有一些茧。这些茧背负在我们的身上，吸取着我们的热量，让我们寒冷，令前进的速度受限。撕碎这茧，没有外力和机械可供支援，只有靠自己的心和爪。

　　茧破裂的时候，是痛苦的。茧是我们亲手营造的小世界。茧的空间虽是狭窄的，却也是相对安全的。甚至一些不良的嗜好，当我们沉浸其中的时候，感受到的也是习惯成自然的熟络。打破了茧的蚕，被鲜冷的空气，闪亮的阳光，新锐的声音，陌生的场景……刺激着，扰动着，紧张的挑战接踵而来。这种时刻的不安，极易诱发退缩。但它是正常和难以避免的，是有益和富于建设性的。你会在这种变化当中，感受到生命充满爆发的张力，你知道你活着痛着并且成长着。

　　有很多人终身困顿在他们自己的茧里。这是他们自己的选择，当生命结束的时候，他们也许会恍然发觉，世界只是一个茧，而自己未曾真正地生活过。

每天都冒一点险

"衰老很重要的标志,就是求稳怕变。所以,你想保持年轻吗?你希望自己有活力吗?你期待着清晨能在对新生活的憧憬中醒来吗?有一个好办法啊——每天都冒一点险。"

以上这段话,见于一本国外的心理学小册子。像给某种青春大力丸做广告。本待一笑了之,但结尾的那句话吸引了我——每天都冒一点险。

"险"有灾难狠毒之意。如果把它比成一种处境一种状态,你说是现代人碰到它的时候多呢,还是古代甚至原始时代碰到它的时候多呢?粗一想,好像是古代多吧?茹毛饮血刀耕火种的,危机四伏。细一想,不一定。那时的险多属自然灾害,虽然凶残,但比较单纯。现代了,天然险这种东西,也跟热带雨林似的,快速稀少,人工险增多,险种也丰富多了。以前可能被老虎毒蛇害掉,如今是坠机车祸失业污染所伤。以前是躲避危险,现代人多了越是艰险越向前的嗜好。住在城市里,反倒因为无险可冒而焦虑不安。一些商家,就制出"险"来售卖,明码标价。比如"蹦极"这事,实在挺惊险的,要花不少钱,算高消费了。且不是人人享用得了的，像我等体重超标，一旦那绳索不够结实，就不是冒一点险，而是从此再也用不着冒险了。

穷人的险多呢还是富人的险多呢？粗一想，肯定是穷人的险多，爬高上低烟熏火燎的，恶劣的工作多是穷人在操作，就是明证。但富人钱多了，去买险来冒，比如投资或是赌博，输了跳楼饮弹，也扩大了风险的范畴。就不好说谁的险更多一些了。看来，险可以分大小，却是不宜分穷富的。

险是不是可以分好坏呢？什么是好的冒险呢？带来客观的利益吗？对人类的发展有潜在的好处吗？坏的冒险又是什么呢？损人利己夺命天涯？

嗨！说远了。我等凡人，还是回归到普通的日常小险上来吧。

每天都冒一点险，让人不由自主地兴奋和跃跃欲试，有一种新鲜的挑战性。我给自己立下的冒险范畴是：以前没干过的事，试一试。当然了，以不犯法为前提。以前没吃过的东西尝一尝，条件是不能太贵，且非国家保护动物。（有点自作多情。不出大价钱，吃到的定是平常物。）

可惜因眼下在北师大读书，冒险的半径范围较有限。清晨等车时，悲哀地想到，"险"像金戒指，招摇而靡费。比如到西藏，可算是大众认可的冒险之举，走一趟，费用可观。又一想，早年我去那儿，一文没花，还给每月6元的津贴，因是女兵，还外加7角5分钱的卫生费。真是占了大便宜。

车来了。在车门下挤得东倒西歪之时，突然想起另一路公共汽车，也可转乘到校，只是我从来不曾试过这种走法，今天就冒一次险吧。于是拧身退出，放弃这路车，换了一趟新路线。七绕八拐，挤得更甚，费时更多，气喘吁吁地在差一分钟就迟到的当儿，撞进了教室。

不悔。改变让我有了口渴般的紧迫感。一路连颠带跑的，心跳增速，碰了人不停地说对不起，嘴巴也多张合了若干次。

今天的冒险任务算是完成了。变换上学的路线，是一种物美价廉的冒险方式，但我决定仅用这一次，原因是无趣。

第二天冒险生涯的尝试是在饭桌上。平常三五同学合伙吃午饭，AA制，各点一菜，盘子们汇聚一堂，其乐融融。我通常点鱼香肉丝、辣子鸡丁类，被同学们讥为"全中国的乡镇干部都是这种吃法"。这天凭着巧舌如簧的菜单，要了一盘"柳牙迎春"，端上来一看，是柳树叶炒鸡蛋。叶脉宽得如同观音净瓶里洒水的树枝，还叫柳芽，真够谦虚了。好在碟中绿黄杂糅，略带苦气，味道尚好。

第三天的冒险颇费思索。最后决定穿一件宝石蓝色的连衣裙去上课。要说这算什么冒险啊，也不是樱桃红或是帝王黄色，蓝色老少咸宜，有什么穿不出去的？怕的是这连衣裙有一条黑色的领带，好似起锚的水兵。衣服是朋友所送，始终不敢穿的症结正因领带。它是活扣，可以解下。为了实践冒险计划，铆足了勇气，我打着领带去远航。浑身的不自在啊，好像满街筒子的人都在端详议论。仿佛在说：这位大妈是不是有毛病啊，把礼仪小姐的职业装穿出来了！极想躲进路边公厕，一把揪下领带，然后气定神闲地走出来。为了自己的冒险计划，咬着牙坚持了下来。走进教室的时候，同学友好地喝彩，老师说，哦，毕淑敏，这是我自认识以来，你穿的最美丽的一件衣裳。

三天过后，检点冒险生涯，感觉自己的胆子比以往大了一点。有很多的束缚，不在他人手里，而在自己心中。别人看来微不足道的一件事，在本人，也许已构成了茧鞘般的裹挟。突破是一个过程，首先经历心智的拘禁，继之是行动的惶惑，最后是成功的喜悦。

谈　怕

"怕"好像历来是个贬义词。怕什么？别怕！天不要怕，地不要怕……好像不怕才是人生的大境界。

其实人的一生总要怕点什么，这就是中国古代说的"相克"。金木水火土，都是有所怕的东西。要是不相克，也就没有了相生，宇宙不就乱了套？

人小的时候，怕父母。俗话说衣食父母，我的理解就是衣食来自父母。要是父母火了，不给你吃，不给你穿，你就丧失了基本的生存条件，饥寒交迫地活不下去了，还谈什么别的？所以父母叫你上学你就得上学，叫你成绩好你就得努力。要是一个人从小对慈爱他的父母没有畏惧之心（不是害怕他们本人，而是怕惹他们生气），没有讨他们欢喜之心，那这个人长大了，多半要成为不法之徒。

渐渐大起来，就怕老师，怕上级，怕官怕权……总之是怕比自己更有力量的人。我想这不单是一种懦弱，而是弱小动物生存的本能。想我们人类的祖先，不过是些猴子，虽说脑子还算得上机敏，体力实属一般。在漫长的动物排行榜上，只能列在中档靠下的位置。假若什么都不怕,早就被老虎、狮子、大蟒蛇饕餮了。所以"怕"是一种集体无意识,怕是正常的,不怕却是需要锻炼的事。

怕是一件有理的事,每个人都生活在立体空间,上下左右都有掣肘。人上有人,天外有天,总有东西笼罩在你的脑瓜顶。你可以完全不考虑下情,也可以咬着牙不理睬左邻右舍,但你得"惧上",否则你的位置就保不住了。所以那个无所不在、无所不能的领袖叫作"上帝"。

人须怕法,那是众人行事的准则。人还须怕天,那是自然界运行的规律。怕是一个大的框架,在这个范畴里,我们可以自由活动。假如突破了它的边缘,就成了无法无天之徒,那是人类的废品。

人有最终的一怕,就是死。因为死去的人都不曾回来告诉我们那边的情形,所以我们并不确切地知道死亡是怎样一回事,我们只是盲目地怕着,我们怕的实际是一种未知的状态。人们怕死,很大的一部分是怕痛。要说死其实一点也不痛,就像在沙滩上晒太阳,暖烘烘地就过去了,怕的人一定少得多。再有怕也是怕比的,假如你活得苦不堪言,所有的感官都用来感受痛苦,在怕活和怕死之间,自然也两怕相权取其轻了。因此那极怕死之人,多是很富贵、很安逸、很猖獗、凌驾一切的显赫。不信你看历代的皇帝,都孜孜不倦地追寻长生不老的仙丹。

女人还有一怕,就是怕老。所以各色美容护肤的佳品层出不穷,种种秘不传人的方子被奉若神明。这一怕的核心是怕时间。世上有许多东西是可以对抗的,唯有时间你不可战胜。可怜女人的这个与生俱来的恐惧,注定无法消除。没有哪一种胭脂可以涂抹时间，女人只好永远地怕下去，除非你不在意衰老。

怕虽有理，却并非总是有利。怕的直接决策是躲，但躲不过的时候，就只有迎头而上。古人们所有教诲我们不要怕的语录，就发生在这一时刻。民不畏死，何以惧之？将对最大的未知的恐惧置之度外，所有已知的苦难都不在话下，这个人的战斗力实不可低估。

但不怕死的人，也仍有一怕，那就是怕自己。死和你作对，只有一次。自己要和你作对，会有无数次的机会。胜利的时候，它会让你骄傲；失败的时候，它诱你气馁。贫困的时候，它指使你堕落；饱暖的时候，它敦促你放荡……自己的实质是欲望。欲望使我们勇敢，欲望也使我们迷失。

人生的发展，一是因了爱好，一是因了惧怕。前者，比如音乐，它并没有更实际的用途，而只是使我们愉悦。那些更实用的发明创造，基本上缘于"怕"。因为害怕冷，人们发明了衣服、房屋、火炉；因为害怕热，人们发明了扇子、草帽、空调器；因为害怕走路，人们发明了汽车、火车、飞机；因为害怕病痛，人们发明了中药西药X光B超；因为害怕地球的孤独，人们向茫茫宇宙进行探索；因为害怕自身的衰退，人们不断高扬精神的旗帜……害怕实在是人类文明进步的助产婆。今后谁知道因了害怕，人类还将诞育多少温馨的婴儿，人类还将补充多少伟大的发明！

我们每个人的心里，都有一个害怕的场。这个场，不要太大，那会使我们畏畏葸葸，就太委屈了自己的岁月。这个场，也不可太小，太小了就容易人在边缘，演出不该上演的节目。它需不大也不小，够我们驰骋如烟的想象，够我们度过无悔的人生。

第二编

我在寻找那片野花

我很重要

当我说出"我很重要"这句话的时候,颈项后面掠过一阵战栗。我知道这是把自己的额头裸露在弓箭之下了,心灵极容易被别人的批判洞伤。许多年来,没有人敢在光天化日之下表示自己"很重要"。我们从小受到的教育都是——我不重要。

作为一名普通士兵,与辉煌的胜利相比,我不重要。

作为一个单薄的个体,与浑厚的集体相比,我不重要。

作为一位奉献型的女性,与整个家庭相比,我不重要。

作为随处可见的人的一分子,与宝贵的物质相比,我们不重要。

我们——简明扼要地说,就是每一个单独的"我"——到底重要还是不重要?

我是由无数星辰日月草木山川的精华汇聚而成的。只要计算一下我们一生吃进去多少谷物,饮下了多少清水,才凝聚成一具美轮美奂的躯体,我们一定会为那数字的庞大而惊讶。平日里,我们尚要珍惜一粒米、一叶菜,难道可以对亿万粒菽粟亿万滴甘露濡养出的万物之灵,掉以丝毫的轻心吗?

当我在博物馆里看到北京猿人窄小的额和前凸的吻时，我为人类原始时期的粗糙而黯然。他们精心打制出的石器，用今天的目光看来不过是极简单的玩具。如今很幼小的孩童，就能熟练地操纵语言，我们才意识到已经在进化之路上前进了多远。我们的头颅就是一部历史，无数祖先进步的痕迹储存于脑海深处。我们是一株亿万年苍老树干上最新萌发的绿叶，不单属于自身，更属于土地。人类的精神之火，是连绵不断的链条，作为精致的一环，我们否认了自身的重要，就是推卸了一种神圣的承诺。

回溯我们诞生的过程，两组生命基因的嵌合，更是充满了人所不能把握的偶然性。我们每一个个体，都是机遇的产物。

常常遥想，如果是另一个男人和另一个女人，就绝不会有今天的我……

即使是这一个男人和这一个女人，如果换了一个时辰相爱，也不会有此刻的我……

即使是这一个男人和这一个女人在这一个时辰，由于一片小小落叶或是清脆鸟啼的打搅，依然可能不会有如此的我……

一种令人怅然以至走入恐惧的想象，像雾霭一般不可避免地缓缓升起，模糊了我们的来路和去处，令人不得不断然打住思绪。

我们的生命，端坐于概率垒就的金字塔的顶端。面对大自然的鬼斧神工，我们还有权利和资格说我不重要吗？

对于我们的父母，我们永远是不可重复的孤本。无论他们有多少儿女，我们都是独特的一个。

假如我不存在了，他们就空留一份慈爱，在风中蛛丝般飘荡。

假如我生了病，他们的心就会皱缩成石块，无数次向上苍祈祷我的康复，甚至愿灾痛以十倍的烈度降临于他们自身，以换取我的平安。

我的每一滴成功，都如同经过放大镜，进入他们的瞳孔，摄入他们心底。

假如我们先他们而去，他们的白发会从日出垂到日暮，他们的泪水会使太平洋为之涨潮。面对这无法承载的亲情，我们还敢说我不重要吗？

我们的记忆，同自己的伴侣紧密地缠绕在一处，像两种混淆于一碟的颜色，已无法分开。你原先是黄，我原先是蓝，我们共同的颜色是绿，绿得生机勃勃，绿得苍翠欲滴。失去了妻子的男人，胸口就缺少了生死攸关的肋骨，心房裸露着，随着每一阵轻风滴血。失去了丈夫的女人，就是齐崭崭折断的琴弦，每一根都在雨夜长久地自鸣……面对相濡以沫的同道，我们忍心说我不重要吗？

俯对我们的孩童，我们是至高至尊的唯一。我们是他们最初的宇宙，我们是深不可测的海洋。假如我们隐去，孩子就永失淳厚无双的血缘之爱，天倾东南，地陷西北，万劫不复。盘子破裂可以粘起，童年碎了，永不复原。伤口流血了，没有母亲的手为他包扎。面临抉择，没有父亲的智慧为他谋略……面对后代，我们有胆量说我不重要吗？

与朋友相处，多年的相知，使我们仅凭一个微蹙的眉尖，一次睫毛的抖动，就可以明了对方的心情。假如我不在了，就像计算机丢失了一份不曾复制的文件，他的记忆库里留下不可填补的黑洞。夜深人静时，手指在揿了几个电话键后，骤然停住，那一串数字再也用不着默诵了。逢年过节时，她写下一沓沓的贺卡。轮到我的地址时，她闭上眼睛……许久之后，她将一张没有地址只有姓名的贺卡填好，在无人的风口将它焚化。

相交多年的密友，就如同沙漠中的古陶，摔碎一件就少一件，再也找不到一模一样的成品。面对这般友情，我们还好意思说我不重要吗？

我很重要。

我对于我的工作我的事业，是不可或缺的主宰。我的独出心裁的创意，像鸽群一般在天空翱翔，只有我才捉得住它们的羽毛。我的设想像珍珠一般散落在海滩上，等待着我把它用金线串起。我的意志向前延伸，直到地平线消失的远方……没有人能替代我，就像我不能替代别人。我很重要。

我对自己小声说。我还不习惯嘹亮地宣布这一主张，我们在不重要中生活得太久了。我很重要。

我重复了一遍。声音放大了一点。我听到自己的心脏在这种呼唤中猛烈地跳动。我很重要。

我终于大声地对世界这样宣布。片刻之后，我听到山岳和江海传来回声。

是的，我很重要。我们每一个人都应该有勇气这样说。我们的地位可能很卑微，我们的身份可能很渺小，但这丝毫不意味着我们不重要。

重要并不是伟大的同义词，它是心灵对生命的允诺。

人们常常从成就事业的角度，断定我们是否重要。但我要说，只要我们在时刻努力着，为光明在奋斗着，我们就是无比重要地生活着。

让我们昂起头，对着我们这颗美丽的星球上无数的生灵，响亮地宣布——我很重要。

附耳细说

韩国的古书,说过一个小故事。

一位名叫黄喜的相国,微服出访,路过一片农田,坐下来休息,瞧见农夫驾着两头牛正在耕地,便问农夫,你这两头牛,哪一头更棒呢?农夫看着他,一言不发。等耕到了地头,牛到一旁吃草,农夫附在黄喜的耳朵边,低声细气地说,告诉你吧,边上那头牛更好一些。

黄喜很奇怪,问,你干吗用这么小的声音说话?农夫答道,牛虽是畜类,心和人是一样的。我要是大声地说这头牛那头牛不好,它们能从我的眼神手势声音里分辨出来我的评论,那头虽然尽了力,但仍不够优秀的牛心里会很难过……

由此想到人,想到孩子,想到青年。

无论多么聪明的牛,都不会比一个发育健全的人,哪怕是稍明事理的儿童更敏感和智慧。对照那个对牛的心理体贴入微的农夫,世上做成人做领导做有权评判他人的人,是不是经常在表扬或批评的瞬间,忽略了一份对心灵的抚慰?

父母常常以为小孩子是没有或是缺乏自尊心的。随意地大声呵斥他们，为了一点小小的过错，唠叨不止。不管是什么场合，有什么人在场，只顾自己说得痛快，全然不理会小小的孩子是否承受得了。以为只是良药，再苦涩，孩子也应该脸不变色心不跳地吞下去。孩子越痛苦，越说明对这次教育的印象深刻，越能够起到举一反三的效力。

能够约束人们不再重蹈覆辙的唯一缰绳，是内省的自尊和自制。它的本质是一种对自己的珍惜和对他人的敬重，是对社会公有法则的遵守服从。如果一个孩子从小就在无穷心理折磨中丧失了尊严，无论他今后所受的教育如何专业，心理的阴暗和残缺都很难弥补，人格将潜伏下巨大危机。

人们常常以为只有批评才需注重场合，若是表扬，在任何时机任何情形下都是适宜的。这也是一个误区。

批评就像是冰水，表扬好比是热敷，彼此的温度不相同，但都是疗伤治痛的手段。批评往往能使我们清醒，凛然一振，深刻地反省自己的过失，进了挺进的激奋。表扬则像温暖宜人的沐浴，使人血脉偾张，意气风发，勃兴向上的豪情。

但如果是在公众场合的批评和表扬，除了对直接对象的鞭挞和鼓励，还会涉及同时聆听的他人的反应。更不消说领导者常用的策略往往是这样：对个别人的批评一般也是对大家的批评，对某个人的表扬更是对大多数人的无言鞭策。至于做父母的，当着自家的孩子，频频提到别人孩子的品行作为，无论批评还是表扬，再幼稚的孩子也都晓得，更是醉翁之意不在酒的含沙射影。

批评和表扬永远是双刃剑。使用得好，犀利无比，斩出一条通达的道路，使我们快速向前。使用得不当，就可能伤了自己也伤了他人，滴下一串串淋漓的鲜血。

我想，对于孩子来说，凡是隶属天分的那一部分，无论是表扬还是批评，都不必过多地拘泥于此。就像玫瑰花的艳丽和小草的柔弱，都有浓重的不可抵挡的天意蕴藏其中，无论其个体如何努力，可改变的幅度不会很大，甚至丝毫无补。玫瑰花绝不会变成绿色，小草也永无芬芳。

人也一样。我们有许多与生俱来的特质，每个人都是不同的。比如相貌，比如身高，比如气力的大小，比如智商的高低……在这一范畴里，都大可不必过多地表扬或批评。夸奖这个小孩子是如何美丽，那个又是如何聪明，不但无助于他人有的放矢地学习，把别人的优点化为自己的长处，反倒会使没有受表扬的孩子滋生出满腔的怨愤，使那受表扬者繁殖出莫名的优越。

批评也是一样，奚落这个孩子笨，嘲笑那个孩子傻，他们自己无法选择换一副大脑或是神经，只会悲观丧气也许从此自暴自弃。旁的孩子在这种批评中无端地得了傲视他人的资本，便可能沾沾自喜起来，松懈了努力。

批评和表扬的主要驰骋疆域，应该是人的力量可以抵达的范围和深度。它们是评价态度的标尺而不是鉴定天资的分光镜。我们可以批评孩子的懒散，而不应当指责儿童的智力。我们可以表扬女孩把手帕洗得洁净，而不宜夸赏她的服装高贵。我们可以批评临阵脱逃的怯懦无能，却不要影射先天的多病与体弱。我们可以表扬经过锻炼的强壮机敏，却不必太在意得自遗传的高大与威猛……

不宜的批评和表扬，如同太冷的冰水和太热的蒸汽，都会对我们的精神造成破坏。孩子的皮肤与心灵更为精巧细腻。他们自我修复的能力还不够顽强，如果伤害太深，会留下终生难复的印迹，每到阴雨天便阵阵作痛。遗下的疤痕，侵犯了人生的光彩与美丽。

　　山野中的一个农夫，对他的牛，都倾注了那样淳厚的爱心。人比牛更加敏感，因此无论表扬还是批评，让我们学会附在耳边，轻轻地说……

教养的证据

教养是个高频词。时下,如果说某人没教养,就是大批评大贬义了。如果说一个女人没教养,简直就如同说她是三陪小姐了。

什么叫教养呢?辞典上说是"文化和品德的修养",但我更愿意理解为"因教育而养成的优良品质和习惯"。

一个人可以受过教育,但他依然是没有教养的。就像一个人可以不停地吃东西,但他的肠胃不吸收,竹篮打水一场空,还是骨瘦如柴。不过这话似乎不能反过来说——一个人没有受过系统的教育,他却能够很有教养。

教养不是天生的。一个小孩子如果没有人教给他良好的习惯和有关的知识,他必定是愚昧和粗浅的。当然,这个"教"是广义的,除了指入学经师,也包括家长的言传身教和环境的耳濡目染。

教养和财富一样,是需要证据的。你说你有钱不成,得拿出一个资产证明。教养的证据不是你读过多少书,家庭背景如何显赫,也不是你通晓多少礼节规范,能够熟练使用刀叉会穿晚礼服……这些仅仅是一些表面的气泡,最关键的证据可能有如下若干。

热爱大自然。把它列为有教养的证据之首,是因为一个不懂得敬畏大自然,不知道人类渺小的人,必是井底之蛙,与教养谬之千里。这也许怪不得他,因为如果不经教育,一个人是很难自发地懂得宇宙之大和人类的微薄的。没有相应的自然科学知识,人除了显得蒙昧和狭隘以外,注定也是盲目傲慢的。之所以从小就教育孩子要爱护花草,正是这种伟大感悟的最基本的训练。若是看到一个成人野蛮地攀折林木,通常人们就会毫不迟疑地评判道——这个人太没有教养了。可见教养和绿色紧密地联系在一起。懂得与自然协调地相处,懂得爱护无言的植物的人,推而广之,他多半也可能会爱惜更多的动物,爱护自己的同类。

一个有教养的人,应该能够自如地运用公共的语言,表达自己的内心和同他人交流,并能妥帖地付诸文字。我所说的公共语言,是指大家——从普通民众到知识分子都能理解的清洁和明亮的语言,而不是某种狭窄的土语俚语或者某特定情境下的专业语言。这个要求并非画蛇添足,在这个千帆竞发的时代,太多的人,只会说他那个行业的内部语言,只会说机器仪器能听懂的语言,却不懂得和人亲密地交流。这不是一个批评,而是一个事实。和人的交流的掌握,特别是和陌生人的沟通,通常不是自发产生的,是要通过学习和练习来获得的。一个没有受过教育的人,他所掌握的词汇是有限和贫乏的,除了描绘自己的生理感受,比如饿了、渴了、睡觉以及生殖的欲望之外,他们对于自己的内心感知甚为模糊,因为那些描述内心感受的词汇,通常是抽象和长于比兴的。不通过学习,难以明确恰当地将它表达出来。

那些虽然拥有一技之长，但无法精彩地运用公共语言这种神圣的媒介，来沟通和解读自我心灵的人，难以算是一个有教养的人。技术是用来谋生的，而仅仅具有谋生的本领是不够的。就像豺狼也会自发地猎取食物一样，那是近乎无须教育也可掌握的本能。而人，毫无疑问地应比豺狼更高一筹。

一个有教养的人，对历史有恰如其分的了解，知道身而为人，我们走过了怎样曲折的道路。当然，教养并不能使每个人都像历史学家那样博古通今，但是教养却能使一个有思考爱好的人，知晓我们是从哪里来，要到哪里去。教养通过历史，使我们不单活在此时此刻，也活在从前和以后，如同生活在一条奔腾的大河里，知道泉眼和海洋的方向。

一个有教养的人，除了眼前的事物和得失以外，他还会不由自主地想到他远大的目标。教养把人的注意力拓展了，变得宏大和光明。每一个个体都有沉没在黑暗峡谷的时刻，当你跋涉和攀缘中，虽然伤痕累累，因为你具有的教养，确知时间是流动的，明了暂时与永久。相信在遥远的地方，定有峡谷的出口，那里有瀑布在轰鸣。

一个有教养的人，特别是女人，对自己的身体，有着亲切的了解和珍惜之情。知道它们各自独有的清晰的名称，明了它们是精致和洁净的，身体的每一部分都有着不可替代的功能，并无高低贵贱的区别。他知道自己的快乐和满足，有很大的一部分是建筑在这些功能灵敏的感知上和健全的完整上的。他也毫无疑义地知道，他的大脑是他的身体的主宰。他不会任由他的器官牵制他的所作所为，他是清醒和有驾驭力的。他在尊重自己身体的同时，也尊重他人的身体。在尊重自我的权利的同时，也尊重他人的权利。在驰骋自我意志的骏马时，也精心维护着他人的茵茵草地。

一个有教养的人，对人类种种优秀的品质，比如忠诚、勇敢、信任、勤勉、互助、舍己救人、临危不惧、吃苦耐劳、坚贞不屈……充满敬重敬畏敬仰之心。不一定每一个人都能够身体力行，但他们懂得爱戴和歌颂。人不是不可以怯懦和懒惰，但他不能把这些陋习伪装成高风亮节，不能由于自己做不到高尚，就诋毁所有做到了这些的人是伪善。你可以跪在泥里，但你不可以把污泥抹上整个世界的胸膛，并因此煞有介事地说到处都是污垢。

有教养的人知道害怕。知道害怕是件有意义有价值的事情。它表示明了自己的限制，知道世上有一些不可逾越的界限。知道世界上有阳光，阳光下有正义的惩罚。由于害怕正义的惩罚，因而约束自我，是意志力坚强的一种体现。

有教养的人知道仰视高山和宇宙，知道仰视那些伟大的发现和人格，知道对于自己无法企及的高度表达尊重，而不是糊涂地闭上眼睛或是居心叵测地嘲讽。

教养是不可一蹴而就的。教养是细水长流的。教养是可以遗失也可以捡拾起来的。教养也具有某种坚定的流传和既定的轨道性。教养是一些习惯的总和，在某种程度上，教养不是活在我们的皮肤上，是繁衍在我们的骨髓里。教养和遗传几乎是不相关的，是后天和社会的产物。教养必须要有酵母，在潜移默化和条件反射的共同烘烤下，假以足够的时日，才能自然而然地散发出香气。教养是衡量一个民族整体素质的一张 X 片子。脸面上可以依靠化妆繁花似锦，但只有内在的健硕，才经得起冲刷和考验，才是力量的象征。

我在寻找那片野花

一位女友，告诉我这样一件事。

上小学的时候，班上有个女同学，叫作荞，家境贫寒，每学期都免交学杂费的。她衣着破烂，夏天总穿短裤，是捡哥哥剩下的。我和她同期加入少先队。那时候，入队仪式很庄重。新发展的同学面向台下观众，先站成一排，当然脖子上光秃秃的，此刻还未被吸收入组织嘛。然后一排老队员走上来，和非队员一对一地站好。这时响起令人心跳的进行曲，校长或是请来的英模，总之是德高望重的长辈，口中念念有词，说着"红领巾是红旗的一角，是用烈士的鲜血染成的"等教诲，把一条条新的红领巾发到老队员手中，再由老队员把这一鲜艳的标志物，绕到新队员的脖子上，亲手挽好结，然后互敬队礼，宣告大家都是队友啦，隆重的仪式才算完成。

新队员的红领巾，是提前交了钱买下的。荞说她没有钱。辅导员说，那怎么办呢？荞说，哥哥已超龄退队，她可用哥哥的旧领巾。于是那天授巾的仪式，就有一点特别。当辅导员用托盘把新领巾呈到领导手中的时候，低低说了一句。同学们虽听不清是什么，但能猜出来——那是提醒领导，轮到荞的时候，记得把托盘里的那条旧领巾分给她。

满盘的新领巾好似一塘金红的鲤鱼，支棱着翅角。旧领巾软绵绵地卧着，仿佛混入的灰鲫，落寂孤独。那天来的领导，可能老了，不曾听清这句格外的交代，也许他根本没想到还有这等复杂的事。总之，他一一发放领巾，走到荞的面前，随手把一条新领巾分给了她。我看到荞好像被人砸了一下头顶，身体矮了下去。灿如火苗的红领巾环着她的脖子，也无法映暖她苍白的脸庞。

那个交了新红领巾的钱，却分到一条旧红领巾的女孩，委屈至极。当场不好发作，刚一散会，就怒气冲冲地跑到荞跟前，一把扯住荞的红领巾说，这是我的！你还给我！

领巾是一个活结，被女孩拽住一股猛挣，就系死了，好似一条绞索，把荞勒得眼珠凸起，喘不过气来。

大伙扑上去拉开她俩。荞满眼都是泪花，窒得直咳嗽。

那个抢领巾的女孩自知理亏，嘟囔着，本来就是我的嘛！谁要你的破红领巾！说着，女孩把荞哥哥的旧领巾一把扯下，丢到荞身上，补了一句：我们的红领巾都是烈士用鲜血染的，你的这条红色这么淡，是用刷牙出的血染的。

经她这么一说，我们更觉得荞的那条旧得凄凉。风雨洗过，阳光晒过，捎了颜色，布丝已褪为浅粉。铺在脖子后方的三角顶端部分，几成白色。耷拉在胸前的两个角，因为摩挲和洗涤，絮毛纷披，好似炸开的锅刷头。

我们都为荞不平，觉得那女孩太霸道了。荞一声未吭，把新领巾折得齐整整，还了它的主人。把旧领巾端端系好，默默地走了。

后来我问荠，她那样对你，你就不伤心吗？荠说，谁都想要新领巾啊，我能想通。只是她说我的红领巾，是用刷牙出的血染的，我不服。我的红领巾原来也是鲜红的，哥哥从九岁戴到十五岁，时间很久了。真正的血，也会褪色的。我试过了。

我吓了一跳。心想，她该不是自己挤出一点血，涂在布上，做过什么实验吧？我没敢问，怕得到一个肯定的答复。

毕业的时候，荠的成绩很好，可以上重点中学。但因为家境艰难，只考了一所技工学校，以期早早分担父母的窘困。

在现今的社会里，如果没有意外的变故，接受良好的教育，是从较低阶层进入较高阶层的，不说是唯一，也是最基本的孔道。荠在很小的时候，就放弃了这种可能。她也不是具国色天香的女孩，没有王子骑了白马来会她。所以，荠以后的路，就一直在贫困的底层挣扎。

我们这些同学，已近了知天命的岁月。在经历了种种的人生、尘埃落定之后，屡屡举行聚会，忆旧兼互通联络。荠很少参加，只说是忙。于是那个当年扯她领巾的女子说，荠可能是混得不如人，不好意思见老同学了。

荠是一家印刷厂的女工。早几年，厂子还开工时，她送过我一本交通地图。说是厂里总是印账簿一类的东西，一般人用不上的。碰上一回印地图，她赶紧给我留了一册，想我有时外出，或许会用得着。

说真的，正因为常常外出，各式地图我很齐备，但我还是非常高兴地收下了她的馈赠。我知道，这是她能拿得出的最好的礼物了。

一次聚会，荞终于来了。她所在的工厂宣布破产。她成了下岗女工。她的丈夫出了车祸，抢救后性命虽无碍，但伤了腿，从此吃不得重力。儿子得了肝炎休学，需要静养和高蛋白。她在几地连做小时工，十分奔波辛苦。这次刚好到这边打工，于是抽空和老同学见见面。

我们都不知说什么好，只是紧握着她的手。她的掌上有很多毛刺，好像一把尼龙丝板刷。

半小时后，荞要走了。同学们推我送送她。我打了一辆车，送她去干活的地方。本想在车上，多询问她的近况，又怕伤了她的尊严。正斟酌为难时，她突然叫起来，你看！你快看！

窗外是城乡交接部的建筑工地，尘土纷扬，杂草丛生，毫无风景。我不解地问，你要我看什么呢？

荞很开心地说，我要你看路边的那一片野花啊。每天我从这里过的时候，都要寻找它们。我知道它们哪天张开叶子，哪天抽出花茎，在哪天早晨，突然就开了……我每天都向它们问好呢！

我一眼看去，野花已风驰电掣地闪走了，不知是橙是蓝。看到的只是荞的脸，憔悴之中有了花一样的神采。于是，我那颗久久悬起的心，稳稳地落下了。我不再问她任何具体的事情，彼此已是相知。人的一生，谁知有多少艰涩在等着我们？但荞经历了重重风雨之后，还在寻找一片不知名的野花，问候着它们。我知道在她心中，还贮备着丰足的力量和充沛的爱，足以抵抗征程的霜雪和苦难。

此后我外出的时候，总带着荞送我的地图册。

朋友这样结束了她的故事。

你是否需要预知今生的苦难

那天晚上,比尔请客。

比尔是外交部的官员,负责接待安排我们在纽约的活动。比尔衣着朴素,脸上永远是温和厚道的笑容。当我们从纽约火车站出来的时候,看到的就是这种笑容。他帮我们推着沉重的行囊,在人群中穿行。当他护送我们到哈林区的贫民学校访问的时候,脸上也是这样的笑容。当我要离开纽约,担心一大堆资料无法带走的时候,又是比尔温暖的笑容帮我解决了难题,他答应为我将资料海运回中国。我要给比尔运费,比尔显出很不好意思的神情。我给了他20美元之后,他说什么也不肯再要了。

比尔请我们在一个中餐馆用饭。比尔说这是纽约最好的中餐馆之一。

我对请一个出访在外的游客吃故国饭食这事,一直持不同意见。比如一个日本人到中国访问,才从东京飞出来两个小时,到北京落地之后,被人请到一家日本料理店,吃一顿风味走了样的日本饭,他的感觉必不会太好。同理,我在国外出访,最怕的就是吃那种改良后的中餐。无论色香味都发生了变异,还不如吃根本就与我们不是同宗同族的西餐，因为有了准备，舌头和肚肠的宽容度反倒大些。中餐就吓人了，上来一个鱼香肉丝，当你做好了将尝到熟悉的川味的准备时，一个冷不防，居然袭来奶油的甜香，所受的惊吓足以让你怀疑自己的神经。

比尔在中餐桌上是有发言权的，因为比尔的妻子是一位香港女性。这的确是我在美国吃的最好的中餐之一。席间，聊到一个有趣的话题：人是否需要预先知道今生的苦难？

同桌的一位朋友说，如果有可能，他愿意预知一生的苦难。理由是，凡事预则立，不预则废。知道了，有什么坏处呢？没有。并不会因为你的预知，就让你的灾难变得更多或者减少，那么，你多知道一点，就对自己的人生多了一份把握，该是好事。

闷头吃饭的比尔，突然大叫了一声：NO！

这是我唯一的一次，在比尔的脸上看到的不是笑容，而是愤怒和凄楚。

当然，比尔的愤怒不是针对那位朋友，比尔放下了筷子，对我们说：

很多年前，我和我的妻子，在香港抽签请人算命。那人是一个和尚，他看了我妻子的签说，你会早死。看了我的签说，你会老死。

你们知道"早死"和"老死"的区别吗？自从听了那和尚的话，我的妻子就对我说，比尔，我会比你先死。因为我是早早死去，而你是老死，你要活很大的年纪。我说，你不要相信这话，那个人是胡说。我会和你白头偕老，如果有个人一定要先死去，那就是我，因为你比我年轻，但是前不久，我的妻子生了喉癌。那是因为她年幼的时候，家中很穷困，没有菜，就吃咸鱼。咸鱼很小,有很多刺,鱼刺刺伤了她的喉咙。久而久之,就生成了癌症。妻子走了,留下我,等着我的"老死"。

比尔说得非常伤感。朋友们缄默了许久,寄托对比尔妻子的深切悼念。我听出了比尔话后面的话。很多年来,关于"早死"和"老死"的谶语,就盘旋在他们的头顶。他们本能地畏惧这朵乌云,乌云尖利的牙齿,咬破了他们最快乐的时光。每当幸福莅临的时刻,惴惴不安也如约袭来。因为他们太珍惜幸福,就越发迅疾地想到了那不祥的预言。如果他们不知道那命运的安排,如果当年没有那老和尚的多此一举,比尔和他妻子的美好时光,也许会更纯粹更光明。

我不知道我想的是否符合实际,我也不敢向比尔求证。我把此事写到这里,是想再次问自己也问他人:我们是否需要预知今生的苦难?

大多数人是取席间的那位朋友的观点,还是像比尔一样说"NO"?

我站在比尔一边。不单是从技术层面上讲,我们无法预知今生的苦难,我们也无法预知今生的幸福。就是有人愿意告诉我,把我一生的苦难,用了不同的簿子,将它们分门别类地列出,苦难用黑墨水,幸福用红墨水,一一书写量化。或者是轻声细语地娓娓道来,苦难用叹息,幸福用轻轻的笑声。想来,我也会在这种簿子面前闭上眼睛,在这种命运的告诫面前,堵起自己的耳朵。生命是我自己的东西,甚至可以说是我仅有的东西,我不希望别人来说三道四。我注重的是过程,在这个过程中,我感到自己的价值。我们可以预知的只是自己应对苦难和幸福的态度。此时此地,这是我们能掌握的唯一。知道了又怎样?不知道又怎样？生命正是因为种种的不知道和种种的可能性，才变得绚烂多姿和魅力无穷。你依然要生活下去，依然要向前走。变化是无法预料的，世界充满了不可捉摸的可能。能够把握的只是我们自己。

那一天比尔离去的时候，带走了我沉甸甸的资料。比尔一手拎着资料，一手提着他不离身的书包。他的书包在纽约的大街上显得奇特而突兀。那是一个简单的布包，上面用汉字写着：天府茗茶。

在纽约看到比尔的所有时刻，他都拎着这个布包，突然想问问比尔，这是否是他妻子很喜欢的一件东西？

没有一棵小草自惭形秽

被人邀请去看一棵树,一棵古老的树,大约有 5000 年的历史,已被唐朝的地震弯折了腰,半匍匐着,依然不倒,享受着人们尊敬的注视。

我混在人群中直着脖子虔诚地仰望着古树顶端稀疏的绿叶,一边想,人和树相比是多么渺小啊。人生出来,肯定是比一粒树种要大很多倍,但人没法长得如树般伟岸。在树小的时候,人是很容易就把树枝包括树干折断,甚至把树连根拔起,树就结束了生命。就算是小树长成了大树,归宿也是被人伐了去,修成各种各样实用的物件。长得好的树,花纹美丽木质出众,也像美女一样,红颜薄命,被人劫掠的可能性更大,于是很多珍贵的树种濒临灭绝。在这一点上,树是不如人的。美女可以人造,树却是不可以人造的。

树比人活得长久,只要假以天年,人是绝对活不过一棵树的。树并不以此傲人,爷爷种下的树,照样以硕硕果实报答那人的孙子或是其他人的后代。

通常情况下,树是绝对不伤人的。即便如前几天报上所载一些村民在树下避雨，遭了雷击致死，那元凶也不是树，而是闪电，树也是受害者。人却是绝对伤树的，地球上森林数量的锐减就是明证，人成了树的天敌。

树比人坚忍。在人不能居住的地方，树却裸身生长着，不需要炉火或是空调的保护。树会帮助人的，在饥馑的时候，人扒过树的皮以充饥，我们却从未听到过树会扒下人的什么零件的传闻。

很多书籍记载过这棵古树，若是在树群里评选名人的话，这棵古树是一定名列前茅了。很多诗人词人咏颂过这棵古树，如果树把那些词句都当叶子一般披挂起来，一定不堪重负。唐朝的地震不曾把它压倒，这些赞美会让它扑在地上。

树的寿命是如此长久，居然看到过妲己那个朝代的事情。在我们死后很多年，这棵古树还会枝叶繁茂地生长着。一想到这一点，无边的嫉妒就转成深深的自卑。作为一个人活不了那么久远，伤感让我低下头来，于是我就看到了一棵小草，一棵长在古树之旁的小草。只有细长的两三片叶子，纤细得如同婴儿的睫毛。树叶缝隙的阳光打在草叶的几丝脉络上，再落到地上，阳光变得如绿纱一样飘浮了。

这样一株柔弱的小草，在这样一棵神圣的树底下，一定该俯首称臣毕恭毕敬了吧？我竭力想从小草身上找出低眉顺眼的谦卑，最后以失望告终。这棵不知名的小草，毫无疑问是非常渺小的。就寿命计算，假设一岁一枯荣，老树很可能见过小草5000辈以前的祖先。就体量计算，老树抵得过千百万小草集合而成的大军。就价值来说，人们千里万里路地赶了来，只为瞻仰老树，我敢肯定没有一个人是为了探望小草。

既然我作为一个人，都在古树面前自惭形秽了，小草你怎能不顶礼膜拜？我这样想着，就蹲下来看着小草。在这样一棵历史久远声名卓著的古树身边为邻，你岂不要羞愧死了？

小草昂然立着，我向它吐了一口气，它就被吹得蜷曲了身子，但我气息一尽，它就像弹簧般伸展了叶脉，快乐地抖动着。我再吹一口气，它还是在弯曲之后怡然挺立。我悲哀地发现，不停地吹下去，有我气绝倒地的一刻，小草却安然。

草是卑微的，但卑微并非指向羞惭。在庄严的大树身旁，一棵微不足道的小草都可以毫不自惭形秽地生活着，何况我们万物灵长的人类！

世界上最缓慢的微笑

受邀到一家医院去看望四川大地震被救出的孩子,他们都已被截肢,生理和心理上都需要援助。

我说,要去看孩子们,该带些什么礼物呢?

邀请方说,他们什么都不缺,快被各式各样的慰问物品埋起来了。您只要带上问候和心理帮助就成了。

这后两样东西当然是要带的,可是,我还是坚持认为一定要带上礼物。马上就要过六一了,这是孩子们盼了很久的节日,我没法空着手,去见孩子们。

只是,什么礼物好呢?

思谋着。原本想带上鲜花。一转念,现在天这么热,鲜花是很容易枯萎的。身心受伤的孩子们,眼睁睁地看着五彩缤纷的花瓣凋零,心里不好受,也许会引起连绵的凄楚。人并不因为年幼,就不知伤感,我一定要小心。再说,来自山南海北纷繁盛开的花束,花粉混杂,容易引起过敏,于孩子们的康复不利。

鲜花被否。

食物和营养品呢?想起那句"物品埋人"的话,估计其中的主角必是形形色色的补品，我就不要床上架屋了。

先生见我发愁，出主意说，要不，你送上几本自己的书吧，签了名留给他们作纪念。

我说，你以为你是谁啊？我已经打过电话询问，其中有个孩子才5岁，还没上学，这不是强人所难嘛！大些的孩子虽然上中学了，可手臂被截，一时半会儿的，哪里学得会只用一手翻书？仅剩的一只手上还有伤，这不是引得人家劳累嘛！毁眼睛。馊主意。

先生说，这也送不得，那也送不得，你到底怎么办？

我说，若是咱们现在变小，不断地小下去，直到变成一个小小孩童，你最希望干什么呢？

先生说，当然是可着劲玩了。只可惜，他们没法玩了。

我反驳，谁说躺在床上就不能玩？现在，我想出来主意了，咱们买玩具！

于是，我和先生跑遍了北京的商场，我们的孩子早已成人，这些年来，我们再没有瞄过一眼玩具市场，如今像两个老顽童，在玩具柜台拥来挤去，指手画脚地让人家拿了这个拿那个，挑拣不停。

太大的玩具，病房里耍起来，医生会埋怨的。太复杂的玩具，失去了手脚的孩子恐怕摆弄不了，便心生沮丧。太需用力量的玩具，他们羸弱的身体难以承受。太没个性的玩具，又怕孩子们了无兴趣……唉，难啊。

我们快马加鞭地把自己修炼成了玩具专家。功夫不负苦心人啊，沙里淘金，终于找到了一款又安全又有趣又个性化又有丰富变化的玩具。

它们是绒布做成的动物。摸上去，有一种绵软的绒毛感，亲近安稳。想这些孩子，曾在如山的砖瓦水泥砸压下苦等待援，一定怕极了冰冷坚硬。这种反其道而行之的绒绒质感，该是他们喜欢的。记得我以前看过一个动物实验，说是人们给失去母亲的小猴子两个代用妈妈，一个是塑料做的，一个是棉花做的。其余的部分都一样，都有奶瓶可以喂养小猴子。结果是小猴子们天天围在棉花妈妈周围，不理睬硬邦邦的塑料养母。

玩偶的背后有一道拉锁，打开之后有一电池箱和电路板。好在这些机关通常是看不到的，都藏在玩偶们憨态可掬的肚子里。这组"设备"的功劳就是让毛绒玩具有了会说话的本领。

你只要轻轻按一下玩偶们的左手，就可以开始录音了，时间大约1分钟，说得快些可录下三四句话。然后就是滴滴的警报声，录音终止。录好音后，你捏捏玩偶的右手，机关被触发，玩偶就把刚才录下的声音复播出来，好像一只忠实的鹦鹉。

简言之，这是一个微型的录音装置，可以录下短暂留言，在必要的时候重复播放出来。

这玩具让我们老两口如获至宝。我忙不迭地说，要这一个，再要那一个，对了，还要那边的一个……

售货员是个爱说话的姑娘，她说，您这是给孙子买啊？

我和先生相视一笑，说，是啊。快过六一了。

售货员说，您好福气啊，孙子好多啊。

我说，是啊是啊。买少了，分不过来，会打架喽。

回到家来，我对先生说，一会儿我在房间里自说自话，你不要大惊小怪。

我关上房门，对着一个个玩偶，配置录音。直到这时，我才发现自己有个致命疏忽——我不知道这几位地震截肢孩童的名字。想打电话去问,一看表,时间已经很晚了,负责联系的同志很可能已经休息了。

于是我决定先录下一般的问候,例如:"北川的小朋友,你好!北京欢迎你。祝你六一儿童节快乐开心!"

如果明天我没有时间问孩子们的具体名姓再重新录制,就只有这样播出。我要做好两手准备。

我抱着玩偶们,不断地录,不断地听。刚开始没经验,话说得太多了,满腔关切还没倾诉完,滴滴声就毫不留情地掐断了我的问候语,只有重来。不料下一次矫枉过正,又说得太短了,时间上留有空白,显得热情不够。一番周折之后,时间上大致没毛病了,我又悲哀地发觉自己的声音太老迈了,完全不具备少年们喜爱的欢愉和活泼。

我决定改换风格,尽量把发音卡通化,走欢蹦乱跳的青春路线。不多时先生破门而入,惊愕地问:毕淑敏,你没什么不舒服吧?

我被吓了一跳,恼火道,不是跟你打过招呼了吗?听到某种异常动静不要大惊小怪。

先生说,可这也太令人惊奇了。我认识你几十年了,从来没听过你用这种语调说话。

我不理他,专心干自己的活儿。半夜三更之时,总算把配音这事完工了。

5月28日,我早早赶到了医院,真不错,大家还没来。我还能有一点时间完成预定计划。我把孩子们的名字写在手上,以防自己一紧张说错了,躲到医院的会议室里,把玩偶从精心买的礼品袋里取出来，再次一一为它们录音。

对着黑白相间的大熊猫玩偶，我说："×××小朋友！你好！我也是从四川来的，从此咱们是好朋友！六一节快乐！"

"×××"是这个截肢小朋友的名字。

我觉得呼唤一个人的名字，有一种特别重要的意义。那是在执拗地提醒一个存在，强烈地标明一种独立。象征一种至高无上的尊严，表达一份如火如荼的期望。即使是对于一个非常幼小的孩子来说，名字也意味着这个世界上独属于他的精神意识。在咱们古老的传统里，受了惊的孩子，是要被父母反复呼唤名字，来找回魂灵。

这一刻，我最遗憾自己嘴太笨，不会说四川话。若是小朋友听到乡音，一定倍感亲近。

当我走进病房，第一眼看到这些孩子们的时候，尽管我当过8年军医，是总计20年医龄的大夫，尽管我对即将到来的残酷，已经做了最大可能的思想准备，尽管我不停地对自己说，毕淑敏，你不可以哭，为了孩子们的福祉，你必须要保持镇定安之若素。他们需要从我们成年人身上看到力量，看到希望，所有的惊慌失措都不可饶恕……可我还是错愕得肝肠寸断！我只有拼命调动起全部的精神，维持最基本的平静。

有一瞬间，我觉得躺在病床上的不是真实的孩子，是一些白绸折叠起的布娃娃。因为只有在摔碎的布娃娃身上，我们才曾看到这样的断壁残垣。

可他们静静地凝视着我们，那轻轻的呼吸，证明着生命的顽强存在。

这是被苦难之咽凶残嚼碎的天使，又被仁爱之手拼缀起来的残缺的羽毛。

那黑若点漆的眸子,曾见识过最暗无天日的深渊。

那宣纸般柔弱的身躯,曾背负过天崩地裂的塌陷。

那已永远离去的肢体,曾忍受过锥心刺骨的碾磨。

那跳动着的小小心脏,还要黏合多少次才能修复完好如初?

……

当我把录音玩偶拿给他们的时候,他们的眼睛闪过光芒。我托起他们的小手,让他们揿动机关,那手指细弱得像一截断筷。当他们听到从玩偶肚子里发出响亮的声音时,他们的嘴唇微微地上翘了。当玩偶说出他们的名字时,孩子们无比惊奇地睁大了眼睛。当玩偶说出祝福的话语时,孩子们终于悄无声息地微笑了。

近在咫尺。这是我一生所看到的最为缓慢的笑容,无比脆弱,像一个帝企鹅的蛋在冰天雪地经过长久的孵化,终于探出小小的额头。

然而这微笑又如此强韧,一经绽放,它就动人心魄地灿烂起来,携带着抵挡不住的芬芳。

我匆匆走出了病房,因为我再也控制不了滚滚而下的泪水。不是因为他们的悲惨,而是因为他们的坚强。

负责对孩子们进行心理治疗的协和医学院杨霞研究员说,孩子们正在不断地康复中。她讲道:其中一个小姑娘说,马上就要到六一儿童节了,我们少年儿童要……话说到这里,小姑娘突然改口了,说我们残疾少年儿童要……

这是多么感人至深的改口啊!

从5月12日14时28分他们被埋入废墟,黑暗中的煎熬,肉体的断裂,目睹同学在眼前死去,饥寒交迫,截肢,感染,创伤，高烧，颠簸……这无尽的苦难，铺成了一条怎样尸横遍野血肉模糊的路啊！小姑娘却用没有腿脚的下肢走过来了，留下一串串透明的小小脚印。她完成了从震惊、恐惧、否认、愤怒、孤独、抑郁到接受现实的阶段，她走得多么快啊，像旷野中的一缕清风，其速度是我们成年人都追赶不上的。

她还会有很多反复，很多磨难，但是，她的微笑告诉我们，这一切都会一寸寸翻过去，直到新的篇章翩然展开。

原谅我只能提供我在医院给孩子们的留言簿上写一句话的图片。我不能让那些孩子的影像出现，为了保护他们的隐私。

我就要出发到四川去。到绵阳去。6月1日，在北川中学有一场演讲。

先生说，绵阳是一座危城。余震。堰塞湖。如果发生了溃堤，你是第一批还是第二批撤离呢？

我说，你不用担心。我想和你说的只有一句话，万一发生了什么事，比如我死了（本来我想用"牺牲"这样庄严的字眼，又一想，一介草民，没那么高尚，还是老老实实地说"死"吧。简单明了），不管死相多么惨，这可不是我的责任，我也管不了那么多了。就算成了警匪电影中常说的那句"让你死得很难看"，我也是鞭长莫及无能为力了。我要告诉你的就是——请你坚信我在最后时分一定很安详，因为这是我愿意做的事。因为我已尽力。

谁是你的重要他人

她是我的音乐老师，那时很年轻，梳着长长的大辫子，有两个很深的酒窝，笑起来十分清丽。当然，她生气的时候酒窝隐没，脸绷得像一块苏打饼干，很是严厉。那时我大约十一岁，个子长得很高，是大队委员。

学校组织"红五月"歌咏比赛，最被看好的是男女小合唱，音乐老师亲任指挥。我很荣幸被选中。有一天练歌的时候，长辫子的音乐老师，突然把指挥棒一丢，一个箭步从台上跳下来，侧着耳朵，走到队伍里，歪着脖子听我们唱歌。大家一看老师这么重视，唱得就格外起劲。

长辫子老师铁青着脸转了一圈儿，最后走到我面前，做了一个斩钉截铁的手势，整个队伍瞬间安静下来。她叉着腰，一字一顿地说，毕淑敏，我在指挥台上总听到一个人跑调儿，不知是谁。现在总算找出来了，原来就是你！一颗老鼠屎坏了一锅汤！现在，我把你除名了！

我木木地站在那里，无法接受这突如其来的打击。刚才老师在我身旁停留得格外久，我还以为她欣赏我的歌喉，分外起劲，不想却被抓了个"现行"。我灰溜溜地挪出了队伍,羞愧难当地走出教室。

三天后,我正在操场上练球,小合唱队的一个女生气喘吁吁跑来说,毕淑敏,原来你在这里!音乐老师到处找你呢!从操场到音乐教室那几分钟路程,我内心充满了幸福和憧憬。走到音乐教室,长辫子老师不耐烦地说,你小小年纪,怎么就长了这么高的个子?

我听出话中的谴责之意,不由自主就弓了脖子塌了腰。从此,这个姿势贯穿了我整个少年和青年时代。

老师的怒气显然还没发泄完,她说:你个子这么高,唱歌的时候得站在队列中间,你跑调走了,我还得让另外一个男生也下去,声部才平衡。小合唱本来就没有几个人,队伍一下子短了半截,这还怎么唱?现找这么高个子的女生,合上大家的节奏,哪那么容易?现在,只剩下最后一个法子了……

长辫子老师站起来,脸绷得好似新纳好的鞋底。她说,毕淑敏,你听好,你人可以回到队伍里,但要记住,从现在开始,你只能干张嘴,绝不可以发出任何声音!说完,她还害怕我领会不到位,伸出颀长的食指,笔直地挡在我的嘴唇间。

我好半天才明白了长辫子老师的禁令,让我做一个只张嘴不出声的木头人。泪水憋在眼眶里打转,却不敢流出来。我没有勇气对长辫子老师说,如果做傀儡,我就退出小合唱队。在无言的委屈中,我默默地站到了队伍之中,从此随着器乐的节奏,口形翕动,却不得发出任何声音。长辫子老师还是不放心,只要一听到不和谐音,锥子般的目光第一个就刺到我身上……

小合唱在"红五月"歌咏比赛中拿了很好的名次,只是我从此遗下再不能唱歌的毛病。毕业的时候，音乐考试是每个学生唱一支歌，但我根本发不出自己的声音。音乐老师已经换人，并不知道这段往事，很是奇怪。我含着泪说，老师，不是我不想唱，是我真的唱不出来。后来，我报考北京外国语学院附中，口试的时候，又有一条考唱歌。我非常决绝地对主考官说，我不会唱歌。

在那以后几十年的岁月中，长辫子老师那竖起的食指，如同一道符咒，锁住了我的咽喉。禁令铺张蔓延，到了凡是需要用嗓子的时候，我就忐忑不安，逃避退缩。我不但再也没有唱过歌，就连当众发言演讲和出席会议做必要的发言，我也是能躲则躲，找出种种理由推脱搪塞。有时在会场上，眼看要轮到自己发言了，我会找借口上洗手间溜出去。有人以为这是我的倨傲和轻慢，甚至是失礼，只有我自己才知道，是内心深处不可言喻的恐惧和哀痛在作祟。

直到有一天，我在做"谁是你的重要他人"这个游戏时，写下了一系列对我有重要影响的人物之后，脑海中不由自主地浮现出了长辫子音乐老师那有着美丽的酒窝却像铁板一样森严的面颊，一阵战栗滚过心头。于是我知道了，她是我的"重要他人"。虽然我已忘却了她的名字，虽然今天的我以一个成人的智力，已能明白她当时的用意和苦衷，但我无法抹去她在一个少年心中留下的惨痛记忆，烙红的伤痕直到数十年后依然冒着焦煳的青烟。

我们的某些性格和反应模式，由于这些"重要他人"的影响，而被打上了深深的烙印。那时你还小，你受了伤，那不是你的错。但你的伤口至今还在流血，你却要自己想法包扎。如果它还像下水道的出口一样嗖嗖地冒着污浊的气味，还对你的今天、明天继续发挥着强烈的影响，那是因为你仍在听之任之。

童年的记忆无法改写，但对一个成年人来说，却可以循着"重要他人"这条缆绳重新梳理，重新审视我们的规则和模式。如果它是合理的，就变成金色的风帆，成为理智的一部分。如果它是晦暗的荆棘，就用成年人有力的双手把它粉碎。

当我把这一切想清楚之后，好像有热风从脚底升起，我能清楚地感受到长久以来禁锢在我咽喉处的冰霜噼噼啪啪地裂开了。一个轻松畅快的我，从符咒之下解放了出来。从那一天开始，我可以唱歌了，也可以面对众人讲话而不胆战心惊了。从那一天开始，我宽恕了我的长辫子老师，并把这段经历讲给其他老师听，希望他们谨慎小心地面对孩子稚弱的心灵。童年时被烙印下的负面情感，是难以简单地用时间的橡皮轻易地擦去的。

药是一把斧

药是一把斧。斧正这个词，就像贴身的衣服一样适应用在药身上。所谓斧正，就是用斧子把鼻子上的白灰砍掉，却要保留鼻子的完整。把药用到这个份儿上，也是挺难的事。病人就像一个美人，药多一分嫌长，少一分嫌短，当大夫的手艺就显出来了。

不论多么千奇百怪的药，不是属矛的就是属盾的。作用无非两种：杀灭病害、保养自身。人与疾病的斗争，是一场冷兵器的搏斗。医生不可能钻进病人的身体里去帮助厮杀，只有借助药力。药是医生手指的延长。

那些攻伐性质的药物，像小型的炮弹，炸毁病疽。就得用得准，用得狠。太弱的火力，姑息了恶处。太强的爆破，又恐造成过大的废墟。

那些纯是护卫病人的药就相当于盾了。医生把它注入病人体内，就像把一匹柔软的绸缎铺在那些需要保护的脏器上。珍贵的瓷器只有在层层叠叠的包裹下，才不会在突然的打击下破碎。

药多是苦的。所以说良药苦口利于病。世上甜的东西太少，只有蜜糖这一个家族。苦却是有许多种，苦咸、苦涩、苦辣……

人们常用甜来比拟幸福，用苦来形容不幸。但药的苦和不幸又有大不同。有病是人生一劫，药是用来帮你的。助你的并不一定一开始就使你舒适，甚至会在短时内加剧你的苦难。比如化疗的药物，对人的伤害实在惨烈。但人们勇敢地接受了它，因为它在严峻的面孔后面帮助我们战胜最凶恶的癌症。

为了制服药的苦，人们开始在药里搀糖。但这几乎是没有用的，因为苦的效力比甜要大得多。只要一点点的苦就可以抵得过许许多多的甜。人为什么容易记住苦难呢？我想这一定和人的生理构造有关。人习惯于身体的安宁，并不觉得它是珍贵的礼物。一旦丢失了，就刻骨铭心地怀念健康。长久的怀念，是一种标准的痛苦状态。对于病人，怀念实在是该杜绝的思绪。让我们在药的帮助下重新开始。

那一年闹假药，有的人还为假药鸣不平，说那其实是不害人的，不过是些红糖粉，甜丝丝的，吃不死人。红糖粉自然是没罪的，但用它充了药，罪过就大了。药是给人治病的，用一种根本不治病的东西来假冒，不是欺瞒生命吗，报载乡村的医生为了省钱，买了伪劣的假药，结果自家的小孙孙命丧黄泉。这就是药对人的惩罚。

从此，我吃到太甜的药，总疑心是假的。

然而药的苦，也总使人耿耿于怀。于是发明了把药裹在糖衣里的战术。倘若病得不很重时，我还是挺喜欢吃那些花花绿绿的药片的。它们像五彩的糖豆，使人在病痛的朦胧中回到童年。

我还是更喜欢白白净净本本分分的普通药片，觉得它们像清纯的女孩。现在药的包装是越来越华丽了，有的精致如金属的工艺品。我想药还是朴素为好。再没有什么比药更需注重内在的质量而不必在意装潢的豪华。面对那些炫人眼目的药品盒，我总想它不是给真正的病人预备的，而是礼品的一种。

人在垂危时，会把所有的希望都寄托在药身上。好像生命的精髓都储存在形形色色的药罐里了。药有的时候有用，有的时候无用。有用的时候，人们就感谢药。无用的时候，人们就咒骂药。其实药只是外力，只能帮人的忙，却不能代替人的生命。当死亡张开它黑色的斗篷的时候，药只不过是一把迷惑它眼睛的沙。

药里有一族，叫作秘方。就像人里面的隐士，平日藏在深山老林，偶尔才露峥嵘。我坚信里面有珍宝，把许多动植物搅在一起，有时会出现惊奇的效果。但里面也有莫名其妙的方子。"文革"时，我在一本厚厚的书里看到一则治感冒的秘方，是取自己尿湿的被子一条，罩在头顶，在阳光下暴晒。晒到被子干，感冒就好了。我当时瞠目结舌，现在更觉得不可思议。那也许只是人们一个恶意的玩笑吧。

医药医药，说到底，还是医在先药在后。单有医而无药，像是一把有柄无锋的剑。当医生的坐而论道，侃侃而谈，可以叫你病得清楚，死得明白。至于能否还你一个健康，就要看各人的造化了。要是有药无医，便是盲人瞎马锦衣夜行，更有夜半临深渊的危险。我对现在电视里地毯式轰炸的药品广告颇不敢赞同。医学毕竟是一门专门的学问，国外的医生都拿高薪，就说明不是随便哪个人全能当得了的。好在我们广告里的药多温和多滋补，多吃点儿少吃点儿估计问题不大。

人类生存了多少年，药就跟随了我们多少年。如今全世界都在研究治疗艾滋病和癌症的药，药是人类延续自身最忠实的伙伴。

优点零

一位做儿童心理研究的朋友告诉我,他发给孩子们一张表,让每人填写自己的优缺点和美好的愿望。孩子们很认真地填好了,把表交上来。他一看,登时傻了眼。

很多孩子填的是——优点零。——愿望零。

我对世上是否存在没有优点的成人,不敢妄说。但我确知世上绝无没有优点的孩子。我或许相信世上有丧失愿望的老人,但我无法想象没有愿望的孩子,将有怎样枯萎的眼神。

不知道愿望和优点,这两样对人激励重大的要素,假若排出丧失的顺序,该孰先孰后?是因为丧失了愿望,百无聊赖,才随之沉没,成为没有优点的少年?还是一个孩子首先被剥夺了所有的优点,心如死灰,之后再也不敢侈谈一丝愿望?也许它们如同绞缠在一起的铅丝,分不出谁更冰冷僵硬?

没有愿望,必是一个死寂的世界。孩子不再期望黎明,因为每一天都被功课塞满,晴天看不到太阳,阴天闻不到雪花,日出日落又有何不同。不再留意鲜花,因为世界一片苍白,眼中暗淡了温暖的色彩。不再珍视夜晚,因为厚重的眼镜遮挡了星光,即使抬头也是泪眼蒙眬。不再盼望得到师长的嘉奖,因为那不过是成人层层加码的裹了蜜糖的手段……

没有优点的孩子,内心该怎样痛楚地喘息。见过一个胖胖的男孩,当幼儿园老师第一次问:谁觉得自己是个美男子?他忙不迭地从最后一排挤到前面,表示自己属于其中一员。可惜他紧赶慢赶,动作还是晚了一点,另有好几个男孩抢在前面,在老师面前排成自豪的一排。没想到老师伶牙俐齿地向他们说,还真有你们这么不知天高地厚的,竟觉得自己是美男子,臊不臊啊?!后来,那几个男孩子,开始为自己的容貌羞涩,无法像以前那样快活。

这是一个简单的例子,但也可说明一点问题。每一个渐渐长大的孩子,如果成人爱他,他也会认为自己是可爱的。他会感觉到自己是天地间的一个宝贝,他的生命的存在就是一个大优点。假若成人粗暴地打击他,奚落他,嘲讽他,鞭挞他,那脆弱的小生灵,就会被利剪截断双翅,从此萎靡下来,或许跌落尘埃一蹶不振。

看不到自身优点的人,必也看不到他人的优点。他们的谦恭,可能是高度自卑下的懦弱。他们的服从,可能掩饰着深刻的妒忌和反叛。他们的忍让,可能埋藏着刻毒的怨恨。他们的赞美,可能表里不一信口雌黄……

我以为愿望是人生强大的动力之一,假若人类丧失愿望,世界就在那一瞬停止了前进的引擎。因为有跑的愿望,人们有了汽车。因为有说话的愿望,人们有了电话。因为有飞的愿望,人们有了卫星。因为有传递和交换的愿望,人们有了互联网……

优点和愿望,是孩子们的双腿。希望有一天看到他们填写的表格上这样写着——优点多多,愿望无限。

阅读是一种孤独

阅读的感觉难以比拟。

它有些像吃。对于头脑来说,渴望阅读的时刻必定虚怀若谷。假如脑袋装得满满当当,不断溢出香槟酒一样的泡沫,不论这泡沫是泛着金黄的铜彩还是热恋的粉红,都不宜于阅读,尤其是阅读名著。

头脑需嗷嗷待哺,像荒原上觅食的狼。人愈是年轻的时候,愈是贪吃。随着年龄的增长,我们吃得渐渐地少了,但要求渐渐地精了。我们知道了什么于我们有益,什么于我们无补。我们不必像小的时候,总要把整碗面都吃光,才知道碗底下并没有卧着个鸡蛋。我们以为是碗欺骗了我们,其实是缺少经验。有许多长寿的人,你问他常吃什么食品,他们回答说:什么都吃,并无特殊的禁忌。但有许多东西他们只尝一口,就尖锐地判断出成色。我想寿星佬的胃一定都是很坚强的,只有一个坚强的胃才能养活得了一个聪明的脑。读书也是一样,好的书,是人参燕窝熊掌,人生若不大快朵颐,岂不白在世上潇洒走过一回?坏的书,是腐肉砒霜氰化物,浪费了时间贻误了性命。关于读什么书好的问题,要多听老年人的意见，他们是有经验的水手。也许在航道的选择上有趋于保守的看法，但他们对于风暴的预测绝对准确。名著一般多是经过了许多年代的考验，是被大师们的智慧之磨研磨了无数遭的精品。读的时候，像烈火烹油的满汉全席，为大享乐。

它有些像睡。我小的时候，当我忧愁，当我病痛，当我莫名其妙烦躁的时候，妈妈总是摸着我的头说，去睡吧。睡一觉也许就好了。睡眠中真的蕴藏着奇妙的物质，起床的时候我们比躺下时信心倍增。阅读是一种精神的按摩，在书页中你嗅得见悲剧的泪痕，摸得着喜剧的笑靥，可以看清智者额头的皱纹，不敢碰撞勇士鲜血淋淋的创口……当合上书的时候，你一下子苍老又顿时年轻。菲薄的纸页和人所共知的文字只是由于排列的不同，就使人的灵魂和它发生共振，为精神增添了新的钙质。当我们读完名著的最后一个字时，仿佛从酣然梦幻中醒来，重又生机盎然。

它有些像搏斗。阅读的时候，我们不断同书的作者争辩。我们极力想寻出破绽，作者则千方百计把读者柔软的思绪纳入他的模具。在这种智力的角斗中，我们往往败下阵来。但思维的力度却在争执中强硬了翅膀。在读名著的时候，我常常在看上一页的时候，揣测下一页的趋势。它们经常同我的想象悬殊甚远。这种时候我会很高兴，知道自己碰上了武林中的高手。大师们的著作像某一流派掌门人的秘籍，记载着绝世的功法。细细研读，琢磨他们的一招一式，会在潜移默化中悟出不可言传的韵律。只是江湖上的口诀多藏之深山传之密室，各个学科大师们的真迹却是唾手可得。由于它的廉价和平凡，人们常常忽视了它的价值。那是古往今来人类最智慧的大脑留给我们的结晶啊！我一次次在先哲们辉煌的思辨与精湛的匠艺面前顶礼膜拜，我一次次在无与伦比的语言搭配之下惊诧莫名……我战胜自己的怯懦不断地阅读它们，勇敢地从匍匐中站起。我知道大师们在高远的天际微笑着注视着后人，他们虽然灿烂却已经凝固。他们是秒表上固定了的纪录，是一根不再升高的横杆，今人虽然暗淡，但我们年轻。作为阅读者，我们还处在生命的不断蜕变之中，蛹里可能飞出美丽的天鹅。在阅读中，我们被征服。我们在较量中蓬勃了自身，迸发出从未有过的力量。

阅读是一种孤独。几个人共看一本书，那只是在极小的时候争抢连环画。它同看电影看录像听音乐会是那样地不同。前者是一块巨大的生日蛋糕可以美味地共享，后者只是孤灯下的一盏清茶，只可独啜，倾听一个遥远的灵魂对你一个人的窃窃私语。他在不同的时间对不同的人说过同样的话，但你此时只感觉他在为你而歌唱。如果你不听，他也不会恼，只会无声地从书页里渗出悲悯的叹息。你啪地合上书，就把一代先哲幽禁在里面。但你忍不住又要打开它，穿越历史的灰尘与他对话。

阅读名著不可以在太快乐的时光。人们在幸福的时候往往读不进书。快乐是一团粉红色的烟雾，易使我们的眼睛近视。名著里很少恭维幸运的话语，它们更多是苦难之蚌分泌的珍珠。

阅读名著也不可在太富裕的时刻。阅读其实是思索的体操，富裕的膏脂太多时，脑子转动得就慢了。名著多半是智者饿着肚子时写成的，过饱者是不大读得懂饥饿的文字的。真正的阅读，可以发生在喧嚣的人海，也可以坐落在冷峻的沙漠。可以在灯红酒绿的闹市，也可以在月影婆婆的海岛。无论周围有多少双眼睛，无论分贝达到怎样的嘈杂，真正的阅读注定孤独。那是一颗心灵对另一颗心灵单独的捶击，那是已经成仙的老爷爷特地为你讲的故事。

第 100 号蛇酒罐

影集里夹着一张彩照。照片上的我正在眨眼睛,只是尊容颇不雅,仿佛一个瞎子。若是往日,我早把它毁了,这次可舍不得。那背景太难得了——橙黄色浑圆粗壮的巨型钢罐上醒目地注明着"100"。

这是广西梧州龙山酒厂的第 100 号蛇酒罐。

蛇酒的故事是小时候从姥姥那里听来的。那是一个有风的黑夜讲的。从此,那善良的麻风女,那凶残的员外,那凛冽瘆人的毒酒,就都蒙上了黑的色彩和呼哨的音响,给人以寒意和神秘。

梧州却是很热的地方,位于北回归线附近,多珍禽异兽,自然也多蛇。

"蛇禀天地阴阳毒烈之气而生,恶物也。以毒物而攻毒病,盖从其类也。"

我们民族引以为自豪的药圣李时珍,在《本草纲目》里对蛇的药用,做了如此精当的概述。

好一个以毒攻毒的蛇酒!

好客的主人斟满蛇酒。酒色娇黄澄清,像是一块盅形的琥珀凝结在空中。我注意了一下酒瓶，其中没有蛇。

味道自然是不错的，我却执意要去看看蛇酒的制造工艺。心中除了好奇，还藏着一个小小的疑惑：蛇酒果真是用蛇泡出来的吗？莫不是用了点黄色的色素？

地上摆着数口硕大无朋的酒缸，像是电影《红高粱》中的道具。空气中弥漫着淡淡的酒气，警醒之中又令人有种莫名的恐惧。

我不知自己掀开酒缸盖后将看到什么，那蛇该不会是活的吧？

我在头脑中大致勾勒了一下预见到的情景——一条首尾相连盘曲而上的毒蛇，缠绕于酒瓮之中，宛若福尔马林中浸泡的标本……

自信做好了足够的思想准备，我用力将沉重的木质酒缸盖抬起。

啊！

我仍旧被惊呆了。碧潭一样的酒水中，盘曲着无数条胳膊粗细的毒蛇，扭成一团，色彩斑斓。因着酒气的润泽，蛇体较之平时所见的更多了几分冰冷与瑰丽，发出莹莹的反光。

"这是传统的工艺。将蛇剁去头和内脏，在纯正米酒里浸泡一年。现在，从日本引进了新型设备，产量大大提高了。"酒厂负责人侃侃而谈。

日本大酒罐外形像化工生产用的大原料罐，颜色橙得发红，像遇难海域上漂浮物的色泽。每个贮酒20吨，共计100个。蛇与酒的比例是1∶9。

这罐里个个都有毒蛇吗？我不禁又生疑虑。我已经知道刚才让我们参观的生产作坊，是专门供对外开放的。这才是真正的生产线。这得要多少蛇！

罐罐都有蛇。年轻的厂长答复。

可以看看吗？我提出要求。

罐口在上面，很高，不好上……光线也差，不一定看得清……厂长推托。

我却越发坚定了要亲眼看一看的念头。不单单是好奇。这些年，弄虚作假的东西太多了，谁能保证这橙黄色的密封铁罐里真有那许多蛇呢！

罐真的不好上。扶梯很窄很滑。圆形罐盖颇不好打开。我终于把顶端的盖子打开，俯下身去，只见呛人的酒气像手榴弹爆炸后的硝烟一样扑面而来，刺得人鼻眼发酸，加上昏暗，一时什么也分辨不出来。

到这边来看。这里恰好有一束光线射下去。厂长打开另外一个罐口，边驱赶酒气，边招呼我。

那束光线真好，像探照灯一样直射罐底。

我终于看到了。在幽深的罐底，堆积着数不清的蛇尸，像谷场上的麦秸一样，垒成巨大的高垛，如古树盘根一般，狞厉而峥嵘。因为掀盖时的震荡，酒汁涌起极细微的涟漪，成千上万条毒蛇便如活了一般，微微游动起来……

我们的蛇酒出口四十多个国家和地区，是轻工业部的优质产品。厂长很自豪地说。

我信了。我服了。

我们在第 100 号蛇酒罐前合影留念。想到身后的庞大酒罐群中共蛰伏着 200 吨毒蛇，心中多少有点怅然。眨了一下眼，便留下了永久的遗憾。

为什么不在每瓶酒里浸泡上一块蛇肉,那样不是更货真价实?临分手时,我向厂长建议。

韩国和南亚一些国家就是这样做的。但蛇肉切割以后,会影响蛇酒的风味。我们的蛇酒不靠蛇肉来做广告,谁要不信,请到我们酒厂来。厂长郑重地说。

我为我的多疑感到歉意。但愿这世上的一切事物,都像蛇酒一样,货真价实,表里如一。

我把摄有第 100 号蛇酒罐的相片珍藏起来。

永别的艺术

看书就似常下饭馆，口味刁了，一般佳肴已引不起口水。对人说，这篇文章可看，已是好评语。近读一文，内有几位日本女性，款款道来，谈她们如何人到中年，就开始柔和淡定地筹划死亡。好像戏刚演到高潮，主角就潜心准备谢幕时的回眸一笑，机智得令人叹服。

有一位女性，从62岁起就把家中房子改建成3间，适合老年人居住，以用作"最后的栖身之所"。删繁就简，把用不着的家具统统卖掉，只剩下四把椅子，两个杯盘。丈夫叹道：这么早就给我收拾好啦！

一位女儿为父母收拾遗物，阁楼就像旧仓库，到处是旧书和电话簿，摞得比人还高。式样该进博物馆的服装，包装的盒子还未撕开。不知何时买下的布料，质地早已发脆。像出土文物一般陈旧的卫生纸，不起丝毫泡沫的洗涤剂……但房地产证、银行存折、名章等重要物件，却不知藏在什么地方。她想起母亲生前常说，我是不会给孩子们添任何麻烦的……心想，人不能在死亡面前好强，还是未雨绸缪的好。

她把父母家中的家具、衣物、餐具都处理了，最难办的是，母亲生前花了250万日元自费出版的自传，剩下100多册，无法处置。再三考虑之后，女儿双手合十默念道：妈妈，留下来的人还要生存，只有对不起您了。说完，她只收起4册自传，其余的都销毁。母亲的日记，她带走了。但每读一遍，都沉浸在痛苦之中。当她49岁时，先烧掉了自己的日记，然后把母亲的日记也断然烧光，从此一了百了。

风靡全球的《廊桥遗梦》，其实也是一部从遗物讲起的故事。死之前应该做的事，似乎还挺多。如果疏忽了，有时是难以弥补的缺憾，一位妻子患病住进医院，丈夫天天守候在床边，寸步不离。妻子刚开始是感动，随之就是生疑。终于察觉到不是一般的病，丈夫是在尽力增多和自己待在一起的时间。她深深地不安了，一再强烈要求出院，回到自己家中。丈夫知她病情重笃，哪敢让她走，只好不断说"明天我们就办手续"，敷衍她。女人终于在一天夜里，大睁着双眼走了。丈夫整理妻子遗物的时候，发现了她与情人8年相通的记载，总算明白妻子最放心不下的是什么了。

读着这些文字，心好像被一只略带冷意的手轻轻握着，微痛而警醒。待到读完，那手猛地松开了，有新鲜蓬松的血，重新灌注四肢百骸，感到阳间的温暖。

第一次清晰地感受生人对死亡的准备，是十几岁下乡时，房东大娘在秋阳下晾晒衣服。她脸上欣赏的神色和寿装绚丽妖娆的色彩，令我感到老人有一种早日套入它们的期待。细想起来，农牧社会的死亡，也是节俭和单纯的。一个人死了，涉及的不过是几件旧衣，或烧或送，都好处置。其他农具家具炊具，属于大家庭，不会也不应随了死者遁去。

现在社会在种种进步之中，也使死亡奢华和复杂起来。你不在了，曾经陪你的那些物品，还在。怎么办呢？你穿过的旧衣，色彩尺码打上强烈个人印迹，假如没有英王妃黛安娜的名气，无人拍卖无处保存。你读过的旧书，假如不是当世文豪，现代文学馆也不会收藏，只有掩在尘封中，车载斗量地卖废品。你用过的旧家具，式样过时，假如不是紫檀或红木，也无后人青睐，或许丢弃垃圾堆。你的旧照片，将零落一地，随风飘荡，被陌生的人惊讶地指着问：这是谁？

当我认真思忖死后的技术性问题时，感觉到的不再是对死亡的畏惧，而是对不幸参与料理这一事物的人，充满歉意。假如是亲人，必会引起悼痛，但我的本意，是望他们平静。假如是素不相识的人，出于公务或是仁慈相助，更应减少他人的劳动强度。

我原以为死亡的准备，主要是思想和意志方面。不怕死，是一个充满思辨的哲学范畴。现在才发觉，涉及死亡的物质和事务，也相当繁杂。或者说，只有更明智巧妙地摆下人生的最后棋子，才能更有质量地获得完整的尊严。

让年富力强的人，考虑死亡，似乎是一件可笑的事情。但死亡必定会在某一个不可知的时辰，与我们正面相撞，无论多么伟大的人都要臣服于它的麾下。

经常想想自己明天或者最近就可能死，其实很有益处。

第一是有利于感悟生命，体验到它的脆弱和不堪一击，会格外地珍惜今天。有许多暂时看来无法跨越的忧愁与痛苦，在死亡的烈度面前，都变得稀薄了。

第二是有利于抓紧时间。日常生活的琐碎重复，使我们常常执拗地认为，自己是坐拥无限时光的大富翁，可以随意抛洒。死亡给了我们一个不由分说的倒计时，无论你此刻多么精力超群，时间之囊里的水，都在一去不复返地失落着，储备越来越少。

第三是有利于我们善待他人、快乐自身。死亡使真情凸现，友情长存。

总之，死亡可是不讲情面的伴侣，最大特点就是冷不防，更很少发布精确的预告。于是如何精彩地永别，就成了值得深入探讨的问题。日本女人的想法，像她们的插花，细致雅丽，趋于婉约。我想，这门最后的艺术，不妨有种种流派，阴柔纤巧之外，也可豪放幽默。小桥流水或横刀跃马，都可以事先多次设计，身后一次完成。或许将来可有一种落幕时分的永别大赛，看谁的准备更精彩，构思更奇妙，韵味更悠长。

唯一的遗憾，就是这比赛的冠军，不能亲自领奖了。

我的五样

老师出了题目——写下"你生命中最宝贵的五样东西",我拿着笔,面对一张白纸,周围一下静寂无声,万物好似压缩成超市货架上的物品,平铺直叙摆在那里,等待你的手挑选。货筐是那样小而致密,世上的林林总总,只有五样可以塞入。

也许是当过医生的缘故,在片刻的斟酌之后,我本能地挥笔写下:空气、水、太阳……

这当然是不错的。你不可能设想在一个没有空气和水的星球上,滋长出如此斑斓多彩的生命。但我很快发现自己陷入了困境——如果继续按照医学的逻辑推下去,马上就该写下心脏和气管,它们对于生命之泵也是绝不可缺的零件。结果呢,我的小筐子立马就装满了,五项指标额度用尽。想想那答案的雏形将是:我生命中最宝贵的东西——空气、水、阳光、气管、心脏……哈!充满了严谨的科学意味,飘着药品的味道。

可这样写下去,恐有弊病。测验的功能,是辅导我们分辨出什么是自己生命中最重要的因子,以至当我们面临人生的选择和丧失时,会比较地镇定从容,妥帖地排出轻重缓急。而我的答案,抽象粗放大而化之,缺乏甄别和实用性。

改弦易辙。我决定在水、空气、阳光三要素之后,写下对我个人更为独特和生死攸关的症结。

于是,第四样——鲜花。

真有些不好意思啊。挂着露滴的鲜花,是那样娇弱纤巧,我似乎和庄严的题目开了一个玩笑。但我真是如此地挚爱它们,觉得它们美轮美奂,不可或缺。绚烂的有刺的鲜花,象征着生活的美好和短暂的艰难,我愿有一束美丽的玫瑰,陪伴我到天涯。

我偷着觑了一眼同学们的答案,不禁有些惶然。

有的人写的是"父母"。我顿时感到自己的不孝,是啊,对于我的生命来说,父母难道不是极为宝贵的因素吗?且不说没有他们哪来的我,就是一想到他们可能先我而去,等待我们的是生离死别,永无相见,心就极快地冰冷成坨。

有的人写的是"孩子"。一看之下,我忐忑不安,甚至觉得自己负罪在身。那个幼小的生命,与我血脉相承,我怎能在关键的时刻,将他遗漏?

有的人写的是"爱人"。我便更惭愧了。说真的,在刚才的抉择过程中,几乎将他忘了。或许在潜意识里,认为在未曾识得他之前,我的生命就已经存在许久。我们也曾有约,无论谁先走,剩下的那人都要一如既往地好好活着。既然当初不是同月同日生,将来也难得同月同日死,彼此已商定不是生命的必需,排名在外,也有几分理由吧。

正不知将手中的孤球抛向何处,老师一句话教了我。她说,这生命中最宝贵的东西,不必从逻辑上思索推敲是否成立,只要是你情感上的真爱即可。于是我想到电脑。电脑在此处,并不只是单纯的工具，当是一种象征，代表我挚爱的劳动和神圣的职责。很快联想到电脑所受制约较多，比如停电或是病毒入侵，都会让我无所依傍。唯有朴素的笔，虽原始简陋，却可朝夕相伴风雨兼程。

于是在洁白的纸上，留下了我生命中最宝贵的五样东西——水、阳光、空气、鲜花和笔（未按笔画为序，排名不分先后）。

同学们嘻嘻笑着，彼此交换答案。一看之后，却都不作声了。我吃惊地发现，每个人留在纸上的物件，万千气象，绝不雷同，有的简直让人瞠目结舌。比如某男士的"足球"，某女士的"巧克力"，在我就大不以为然。但老师再三提示，不要以自己的观点去衡量他人，于是不露声色。

接下来，老师说，好吧，每个人在你写下的五样当中，划去相对不那么重要的一样，只剩下四样。

权衡之后，我在五样中的"鲜花"一栏旁边，打了个小小的"×"，表示在无奈的选择当中，将最先放弃清丽芬芳的花朵。

老师走过来看到了，说，不能只是在一旁做个小记号，放弃就意味着彻底的割舍，你必得要用笔把它全部删除。

依法办了，将笔尖重重刺下。当鲜花被墨笔腰斩的那一刻，顿觉四周惨失颜色，犹如二十世纪初叶的黑白默片，我拢拢头发咬咬牙，对自己说，与剩下的四样相比，带有奢侈和浪漫情调的鲜花，在重要性上毕竟逊了一等，舍就舍了吧。虽然花香不再，所幸生命大致完整。

请将剩下的四样当中，再剔去一样，仅剩三样。老师的声音很平和，却带有一种不容商榷的断然压力。

我面对自己的纸，犯了难，阳光、水、空气和笔……删掉哪一样是好？思忖片刻，我提笔把"水"划去了。从医学知识上讲，没有了空气，人只能苟延残喘几分钟；没有了水，在若干小时内尚可坚持。两害相权取其轻吧。

也许女人真是水做的骨肉，"水"一被勾销，立觉喉咙苦涩，舌头肿痛，心也随之焦枯成灰，人好似成了金字塔里风干的长老。

我已经约略猜到了老师的程序，便有隐隐的痛楚弥漫开来。不断丧失的恐惧，化作乌云大兵压境。痛苦的抉择似一条苦难巷道，弯弯曲曲伸向远方。

果然，老师说，继续划去一项，只剩两样。这时教室内变得很寂静，好似荒凉的墓冢。每个人都在冥思苦想举棋不定。我已顾不得探察别人的答案，面对着自己人生的白纸，愁肠百结。

笔、阳光、空气……何去何从？闭起眼睛一跺脚，我把"空气"划去了。刹那间好像有一双阴冷的鹰爪，丝丝入扣地扼住我的咽喉，顿觉手指发麻眼冒金星，心搏如鼓气息屏息……

我曾在海拔五千多米的冰山上攀缘绝壁，缺氧的滋味撕心裂肺。隔绝了空气，生命便飘然而逝，成为一种哲学意义上的讨论。

好了，现在再划去一样，只剩下最后一样。老师的音调很温和，但执着坚定充满决绝。对已是万般无奈之中的我们，此语不啻惊雷。

教室内已经有轻轻的哭泣声，人啊，面临丧失，多么软弱苦楚。即使只是一种模拟，已使人肝肠寸断。

笔和阳光。它们在纸上势不两立地注视着我，陷我于深深的两难。

留下阳光吧——心灵深处在反复呼唤。妩媚温暖明亮洁净，天地一片光明，玫瑰花会重新开放，空气和水将濡养而出，百禽鸣唱，欢歌笑语。曾经失去的一切，都会在不知不觉中悄然归来。纵使除了阳光什么也没有，也可以在沙滩上直直地晒太阳哇。

　　想到这里，心的每一个犄角，都金光灿烂起来。只是，我在哪里？在干什么？我仰起头来问天。

　　我看到自己孤独的身影，在海边寂寞地拉长缩短，百无聊赖，看日出日落，听潮涨潮消。那生命的存在，于我还有怎样的意义？

　　自问至此，水落石出。我慢而稳定地拿起笔，将纸上的"太阳"划掉了。

　　偌大一张纸，在反复勾勒的斑驳墨迹中，只残存下来一个字——笔。

　　这种充满痛苦和抉择的测验，像一个逐渐缩窄的闸孔，将激越的水流凝聚成最后的能量，冲刷着我们的纷繁的取向。当那通道变得一夫当关，万夫莫开之时，生命的重中之重，就简洁而挺拔地凸现了。

　　感谢这一过程，让我清晰地得知什么是我生命中的真爱——就是我手中的这支笔啊。它噗噗跳动着，击打着我的掌心，犹如我的另一颗心脏，推动着我的四肢百骸。

　　我安静下来，突然发现周围此时也很安静。人们在清醒地选择之后，明白了自己意志的支点，便像婴儿一般，单纯而明朗了。

　　我细心收起自己的那张白纸，一如收起一张既定的船票。知道了航向和终点，剩下的就是帆起桨落战胜风暴的努力了。

盲人看

每逢下学的时候,附近的那所小学,就有稠厚的人群,糊在铁门前,好似风暴前的蚁穴。那是家长等着接各自的孩童回家。

在远离人群的地方,有个人,倚着毛白杨,悄无声息地站着,从不张望校门口。直到有一个孩子飞快地跑过来,拉着他说,爸,咱们回家。他把左手交给孩子,右手拄起盲杖,一同横穿马路。

多年前,这盲人常蹲在路边,用二胡奏很哀伤的曲调。他技艺不好,琴也质劣,音符断断续续地抽噎,叫人听了只想快快远离。他面前的盛着零碎钱的破罐头盒,永远看得到锈蚀的罐底。我偶尔放一点钱进去,也是堵着耳朵近前。

后来,他摆了一个小摊子,卖点手绢袜子什么的,生意很淡。一天晚上,我回家一下公共汽车,黑寂就包抄来。原来这一片突然停电,连路灯都灭了。只有电线杆旁,一束光柱如食指捅破星天。靠拢才见是那盲人打了手电,在卖蜡烛火柴,价钱很便宜。我赶紧买了一份,喜滋滋地觉着带回光明给亲人。

之后的某个白日,我又在路旁看到盲人,就气哼哼地走过去,说,你也不能趁着停电,发这种不义之财啊!那天你卖的蜡烛，算什么货色啊？蜡烛油四下流，烫了我的手。烛捻儿一点也不亮，小得像个萤火虫尾巴。

他愣愣地把塌陷的眼窝对着我，半天才说，对不住，我……不知道……蜡烛的光……该有多大。萤火虫的尾巴……是多亮。那天听说停电，就赶紧批了蜡烛来卖。我只知道……黑了，难受。

我呆住了。那个漆黑的夜晚，即便烛火如豆，还是比完全的黑暗好了不知几多。一个盲人，在为明眼人操劳，我还不分青红皂白地指责他，我好悔。

后来，我很长时间没到他的摊子买东西。确信他把我的声音忘掉之后，有一天，我买了一堆杂物，然后放下了 50 块钱，对盲人说，不必找了。

我抱着那些东西，走了没几步，被他叫住了。大姐，你给我的是多少钱啊？

我说，是 50 元。

他说，我从来没拿过这么大的票子。

见他先是平着指肚，后是立起掌根，反复摩挲钞票的正反面，我说，这钱是真的，您放心。

他笑笑说，我从来没收到过假钱。谁要是欺负一个瞎子，他的心先就瞎了。我只是不能收您这么多的钱，我是在做买卖啊。

我知道自己又一次错了。

不知他在哪里学了按摩，经济上渐渐有了起色，从乡下找了一个盲目的姑娘，成了亲。一天，我到公园去，忽然看到他们夫妻相跟着，沿着花径在走。四周湖光山色美若仙境，我想，这对他们来讲，真是一种残酷。

闪过他们身旁的时候，听到盲夫有些炫耀地问，怎么样？我领你来这儿,景色不错呗?好好看看吧。

盲妻不服气地说,好像你看过似的?

盲夫很肯定地说,我看过。常来看的。

听一个盲人连连响亮地说出"看"这个字,叫人顿生悲凉,也觉出一些滑稽。

盲妻反唇相讥道,介绍人不是说你胎里瞎吗?啥时看到这里好景色呢?

盲夫说,别人用眼看,咱可以用心看,用耳朵看,用手看,用鼻子看……加起来一点不比别人少啊。

他说着,用手捉了妻子的指,沿着粗糙的树皮攀上去,停在一片极小的叶子上,说,你看到了吗?多老的树,芽子也是嫩的。

那一瞬,我凛然一惊,世上有很多东西,看了如同未看,我们眼在神不在。记住并真正懂得的东西,必得被心房茧住啊。

后来盲夫妇有了果实,一个瞳仁亮如秋水的男孩。他渐渐长大,上了小学,盲人便天天接送。

初起那孩童躲在盲人背后,跟着杖子走。慢慢胆子壮了,绿灯一亮,就跳着要越过去。父亲总是死死拽住他,用盲杖戳着柏油路说,让我再听听,近处没有车轮声,我们才可动……

终有一天,孩子对父亲讲,爸,我给你带路吧。他拉起父亲,东张西望,然后一蹦一跳地越过地上的斑马线。于是盲人第一次提起他的盲杖,跟着目光如炬的孩子,无所顾忌地前行,脚步抬得高高,轻捷如飞。

孩子越来越大了。当明眼人都不再接送这么高的孩子时,盲人依旧每天倚在校旁的杨树下,等待着。

青虫之爱

我有一位闺中好友,从小怕虫子。不论什么品种的虫子都怕。披着蓑衣般绒毛的洋辣子,不害羞地裸着体的吊死鬼,一视同仁地怕。甚至连雨后的蚯蚓,也怕。放学的时候,如果恰好刚停了小雨,她就会闭了眼睛,让我牵着她的手,慢慢地在黑镜似的柏油路上走。我说,迈大步!她就乖乖地跨出很远,几乎成了体操动作上的劈叉,以成功地躲避正蜿蜒于马路的软体动物。在这种瞬间,我可以感受到她的手指如青蛙腿般弹着,不但冰凉,还有密集的颤抖。

大家不止一次地想办法治她这毛病,那么大的人了,看到一个小小毛虫,哭天抢地的,多丢人啊!早春天,男生把飘落的杨花坠,偷偷地夹在她的书页里。待她走进教室,我们都屏气等着那心惊肉跳的一喊,不料什么声响也未曾听到。她翻开书,眼皮一翻,身子一软,就悄无声息地瘫到桌子底下了。

从此再不敢锻炼她。

许多年过去,各自都成了家,有了孩子。一天,她到我家中做客,我下厨,她在一旁帮忙。我择青椒的时候,突然从蒂旁钻出一条青虫，胖如蚕豆，背上还长着簇簇黑刺，好一条险恶的虫子。因为事出意外，怕那虫蜇人，我下意识地将半个柿子椒像着了火的手榴弹扔出老远。

待柿子椒停止了滚动，我用杀虫剂将那虫子扑死，才想起酷怕虫的女友，心想刚才她一直目不转睛地和我聊着天，这虫子一定是入了她的眼，未曾听到她惊呼，该不是吓得晕厥过去了吧？

回头寻她，只见她神态自若地看着我，淡淡说，一个小虫，何必如此慌张。

我比刚才看到虫子还愕然地说，啊，你居然不怕虫子了？吃了什么抗过敏药？还是狠斗私字一闪念，阶级觉悟有了大提高？

女友苦笑说，怕还是怕啊。只是我已经能练得面不改色，一般人绝对看不出破绽。刚开始的时候，我就盯着一条蚯蚓看，因为我知道它是益虫，感情上接受起来比较顺畅。再说，蚯蚓是绝对不会咬人的，安全性能较好……这样慢慢举一反三，现在我无论看到有毛没毛的虫子，都可以把惊恐压制在喉咙里。

我说，为了一个小虫子，下这么大的功夫，真有你的。值得吗？

女友很认真地说，值得啊。你知道我为什么怕虫子吗？

我撇撇嘴说，我又不是你妈，我怎么会知道啊！

女友拍着我的手说，你可算说到点子上了，怕虫就是和我妈有关。我小的时候，是不怕虫子的。有一次妈妈听见我在外面哭，急忙跑出去看，我的手背又红又肿，旁边一条大花毛虫正在缓缓爬走。我妈知道我叫虫蜇了，赶紧往我手上抹牙膏，那是老百姓止痒解毒的土法。以后，她只要看到我的身旁有虫子，就大喊大叫地吓唬我……一来二去的，我就成了条件反射，看到虫子，灵魂出窍。

后来如何好的呢？我追问。依我的医学知识，知道这是将一个刺激反复强化的结果，最后，女友就成了巴甫洛夫教授的案例，每一次看到虫子，就恢复到童年时代的大恐惧中。世上有形形色色的恐惧症，有的人怕高，有的人怕某种颜色。我曾见过一位女士，怕极了飞机起飞的瞬间，不到万不得已，她是绝不搭乘飞机的。一次实在躲不过，上了飞机。系好安全带后，她骇得脸色刷白，飞机开始滑动，她竟号啕痛哭起来……中国古时的"一朝被蛇咬，十年怕井绳"说的也是这回事。只不过杯弓蛇影的起因，有的人记得，有的人已遗忘在潜意识的晦暗中。在普通人看来是微不足道的小事，对当事人来说，痛苦煎熬，治疗起来十分困难。

女友说，后来有人要给我治，说是用逐步脱敏的办法。比如先让我看虫子的画片，然后再隔着玻璃观察虫子，最后直接注视虫子……

原来你是这样被治好的啊！我恍然大悟道。

嗨！我根本就没用这个法子。我可受不了，别说是看虫子的画片了，有一次到饭店吃饭，上了一罐精致的补品。我一揭开盖，看到那飘浮的虫草，当时就把盛汤的小罐摔到地上了……朋友抚着胸口，心有余悸地讲着。

我狐疑地看了看自家的垃圾筒，虫尸横陈，难道刚才女友是别人的胆子附体，才如此泰然自若？我说，别卖关子了，快告诉我你是怎样重塑了金身。

女友说，别着急啊。听我慢慢说。有一天，我抱着女儿上公园，那时她刚刚会讲话。我们在林荫路上走着，突然她说，妈妈……头上……有……她说着,把一缕东西从我的发上摘下,托在手里,邀功般地给我看。

我定睛一看,魂飞天外,一条五彩斑斓的虫子,在女儿的小手内,显得狰狞万分。

我第一个反应是像以往一样地昏倒,但是我倒不下去,因为我抱着我的孩子。如果我倒了,就会摔坏她。我不但不曾昏过去,神志还从没有过的清醒。

第二个反应是想撕肝裂胆地大叫一声。因为你胆子大,对于惊叫在恐惧时的益处可能体会不深。其实能叫出来极好,可以释放高度的紧张。但我立即想到,万万叫不得。我一喊,就会吓坏了我的孩子。于是,我硬是把喷到舌尖的惊叫咽了下去,我猜那时我的脖子一定像吃了鸡蛋的蛇一样,鼓起了一个大包。

现在,一条虫子近在咫尺。我的女儿用手指抚摸着它,好像那是一块冷冷的斑斓宝石。我的脑海迅速地搅动着。如果我害怕,把虫子丢在地上,女儿一定从此种下了虫子可怕的印象。在她的眼中,妈妈是无所不能无所畏惧的,如果有什么东西把妈妈吓成了这个样子,那这东西一定是极其可怕的。

我读过一些有关的书籍,知道当年我的妈妈,正是用这个办法,让我一生对虫子这种幼小的物体,骇之入骨。即便当我长大之后,从理论上知道小小的虫子只要没有毒素,实在不值得大惊小怪,但我的身体不服从我的意志。我的妈妈一方面保护了我,一方面用一种不恰当的方式,把一种新的恐惧,注入我的心里。如果我大喊大叫,那么这根恐惧的链条,还会遗传下去。不行,我要用我的爱,将这链条砸断。

我颤巍巍地伸出手,长大之后第一次把一只活的虫子捏在手心，翻过来倒过去地观赏着那虫子，还假装很开心地咧着嘴，因为——女儿正在目不转睛地看着我呢！

虫子的体温，比我的手指要高得多，它的皮肤有鳞片，鳞片中有湿润的滑液一丝丝渗出，头顶的茸毛在向不同的方向摆动着，比针尖还小的眼珠机警怯懦……

女友说着，我在一旁听得毛骨悚然。只有一个对虫子高度敏感的人，才能有如此令人震惊的描述。

女友继续说，那一刻，真比百年还难熬。女儿清澈无瑕的目光笼罩着我，在她面前，我是一个神。我不能有丝毫的退缩，我不能把我病态的恐惧传给她……

不知过了多久，我把虫子轻轻地放在了地上。我对女儿说，这是虫子。虫子没什么可怕的。有的虫子有毒，你别用手去摸。不过，大多数虫子是可以摸的……

那只虫子，就在地上慢慢地爬远了。女儿还对它扬扬小手，说："拜……"

我抱起女儿，半天一步都没有走动。衣服早已被黏黏的汗浸湿。

女友说完，好久好久，厨房寂静无声。我说，原来你的药，就是你女儿给你的啊。

女友纠正道，我的药，是我给我自己的，那就是对女儿的爱。

寻觅优秀的女人

女人占了人类的一半。这个数字是多少？假定人类有 60 亿，广义的女人（从垂垂老媪到嗷嗷待哺的女婴）就有 30 亿。假如我们把女孩的年龄界定在 15—30 岁，大约占女人总人数的五分之一吧，那也有 6 个亿了。

望漫天霞霓，俯苍茫人寰，常常想，这其中最优秀的女人该有多少？

优秀的女人首要该是善良。

之所以把善良排得唯此为大，是因为这个世界残酷太多。权力场、金钱场、情场、战场……到处弥漫着硝烟，到处流淌着血污。在温文尔雅的面纱下，潜伏着充满杀机的眼睛。优秀的女人负有净化灵魂的使命，她们像明矾一样，使世界变得澄清。她们的血像油一般润滑了车轮，历史艰难地向前滚动。女人的善良是人类温情的源泉。

善良的女人知多少？

这个比例实在是不敢高估。女性其实是极不易保持善良的。她们遭受的屈辱多，她们自身的负担重。在被伤害之后，易滋生出火焰一样的报复,在悲伤之余,常在凄冷的黑夜咬牙切齿,对整个生活发出女巫般的诅咒。

原谅我,女人们。虽然我很想说出一个有关你们善良的高比例,犹如我们面对一块待检的金石,报出它是足赤金。但事实是,历经磨难而终不改善良本性的女人,是一道像穿流污浊仍清澈见底的小溪,其实是很罕见的。苍老的夫人多见狞恶之色、琐碎之色、猥琐之色,就是明证。

优秀的女人其次应该是智慧的。

女人比男人更需要智慧,因为她们是更柔软的动物。智慧是优秀女人贴身的黄金软甲,救了自身才可救旁人。没有智慧的女人,是一种遍体透明的藻类,既无反击外界侵袭的能力,又无适应自身变异的对策,她们是永不设防的城市。智慧是女人纤纤素手中的利斧,可斩征途的荆棘,可斫身边的赘物。面对波光诡谲的海洋,智慧是女儿家永不凋谢的白帆。优秀的智慧的女性,代表人类的大脑半球,对世界发出高亢而略带尖锐的声音,在每面山壁前回响。

但女人难得智慧。她们多的是小聪明,乏的是大清醒。过多的脂粉模糊了她们的眼睛,狭隘的圈子拘谨了她们的想象。她们的嗅觉易在甜蜜的语言中迟钝,她们的脚步易在扑朔的路径中迷离。智慧不单单是天赋的独生女,她还是阅历、经验、胆魄三位共同的学生。智慧是一块璞,需要雕琢。而雕琢需要机遇。

不是每一块宝石都会璀璨,不是每一粒树种都会挺拔。

我是一个保守的农人。面对一块贫瘠土地上的麦苗,实在不敢把收成估计得太好。智慧的女人通常比我们想象的要少。

优秀的女人还需要勇气。在这颗小小的星球上,什么矛盾都不存在了,男人和女人的矛盾依然欣欣向荣。交战的双方永远互相争斗,像绳子拧出一个个前进的螺纹。假如你是一个优秀的女人,无论你朝哪个领域航行,或迟或早你将遭遇这个世界上最优秀的男人。不要奢望有一处干燥的麦秸可供你依傍,不要总在街上寻找古旧的屋檐避雨。当你不如一个男人的时候,他会宽宏大量地帮助你;当你超过一个男人的时候,他会格外认真地对抗你。这不知是优秀女人的幸还是不幸?善良的智慧的有勇气的女人,要敢在黑暗的旷野独自唱着歌走路,要敢在没有桥没有船也没有乌鸦的野渡口,像美人鱼一般泅过河。

这个比例有多少?

望着越来越稀疏的队伍,我真不忍心将筛孔做得太大。但女人天性胆小,就像含羞草乐意把叶子合起来一样。你不能苛求她们。

现在,在漫长阶梯上行走的女人已经不多了。

最后让我们来说说美丽吧。

在这样艰苦的跋涉之后再来要求女人的美丽,真是一种残酷。犹如我们在暴风雨以后寻找晶莹的花朵。

但女人需要美丽。美丽是女人最初也是最终的魅力。不美丽的女人辜负了造物主的青睐,她们不是世上的风景,反倒成了污染。

何为美丽?一千个人有一千种说法。我只能扔出我的那一块砖。

美丽的女人首先是和谐的。面容的和谐,体态的和谐,灵与肉的和谐。美丽并非一些精致巧妙的零件的组合,而是一种整体的优美。甚至缺陷也是一种和谐,犹如月中的桂影。那不是皓月引发无数遐想最确实的物质基础吗？和谐是一种心灵向外散发的光辉，它最终走向圣洁。

美丽其次应该是柔和的。太辛辣太喧嚣的感觉不是美，而是一种刺激。优秀女人的美丽像轻风，给世界以潜移默化的温馨。当然它也容纳篝火一般的热情。可是你看，跳动的火苗舒卷的舌头是那么柔和，像嫩红的枫叶，像浸湿的红绸。激情的局部仍旧是细致而绵软的。

美丽的女人应该是持久的。凡稍纵即逝的美丽都不是属于人的，而是属于物的。美丽的女人少年时像露水一样纯洁，年轻时像白桦一样蓬勃，中年时像麦穗一样端庄，老年时像河流的入海口，舒缓而磅礴。

美丽的女人经得起时间的推敲。时间不是美丽的敌人，而只是美丽的代理人。它让美丽在不同的时刻呈现出不同的状态，从单纯走向深邃。

女人的美丽不是只有一根蜡烛的灯笼，它是可以不断燃烧的天然气。时间的掸子轻轻扫去女人脸上的红颜，但它是有教养的，还女人一件永恒的化妆品——叫作气质。可惜有的女人很傻，把气质随手丢掉了。

也许可以说，所有美好的女人都是美丽的。

我在女性的群体里砌了一座金字塔。它是我心目中的女性黄金分割图。

这样一路算下来，优秀的女人多乎哉？不多也。

是不是我的比例过于苛刻？是不是我对世界过于悲观？是不是我看女人的暗影太多？是不是优秀和平庸原不该分得太清？

现代的世界呼唤精品。女士们买一个提包都要求质量上乘，为什么我们不寻求自身的优秀？

　　优秀的女人也像冰山，能够浮到海面上的只有庞大体积的几十分之一。精品绝不会太多，否则就是赝品或是大路货了。

　　难道女人不该像拥有眼睛一样拥有善良吗？难道没有智慧的女人不是像没有翅膀的鸟儿一样无法翱翔？难道坚忍不拔果敢顽强对于女人不是像衣衫一般重要？难道女人不该像老妪爱惜自己最后一颗牙齿一样爱惜美丽？

　　让我们都来力争做一个优秀的女人吧。为了世界更精彩，为了自身更完美，为了和时间对抗，为了使宇宙永恒。

握紧你的右手

常常见女孩郑重地平伸着自己的双手,仿佛托举着一条透明的哈达。看手相的人便说:男左女右。女孩便把左手背在身后,把右手手掌对准湛蓝的天。

常常想,世上可真有命运这种东西?它是物质还是精神?难道说我们的一生都早早地被一种符咒规定,谁都无力更改?我们的手难道真是激光唱盘,所有的祸福都像音符微缩其中?

当我沮丧的时候,当我彷徨的时候,当我孤独寂寞悲凉的时候,我曾格外地相信命运,相信命运的不公平。

当我快乐的时候,当我幸福的时候,当我成功优越欣喜的时候,我曾格外地相信自己,相信只有耕耘才有收成。

渐渐地,我终于发现命运是我怯懦时的盾牌,当我叫嚷命运不公最响的时候,正是我预备逃遁的前奏。命运像一只筐,我把自己对自己的姑息、原谅以及所有的延宕都一股脑地塞进去,然后蒙一块宿命的轻纱。我背着它慢慢地向前走,心中有一份心安理得的坦然。

有时候也诧异自己的手。手心叶脉般的纹路还是那样琐细,但这只手做过的事情,却已有了几番变迁。

在喜马拉雅山、网底斯山、喀喇昆仑山三山交汇的高原上,我当过卫生员。在机器轰鸣铜水飞溅的重工业厂区里,我做过主治医师。今天,当我用我的笔抒写我对这个世界的想法时,我觉得是用我的手把我的心制成薄薄的切片,置于真和善的天平之上……

高原呼啸的风雪,卷走了我一生中最好的年华,并以浓重的阴影,倾泻于行程中的每一处驿站。

岁月送给我苦难,也随赠我清醒与冷静。我如今对命运的看法,恰恰与少年时相反。

当我快乐当我幸福当我成功当我优越当我欣喜的时候,当一切美好辉煌的时刻,我要提醒我自己——这是命运的光环笼罩了我。在这个环里,居住着机遇,居住着偶然性,居住着所有帮助过我的人。

而当我挫折和悲哀的时候,我便镇静地走出那个怨天尤人的我,像孙悟空的分身术一样,跳起来,站在云头上,注视着那个不幸的人。于是我清楚地看到了她的软弱,她的懦弱,她的虚荣以及她的愚昧……

年近不惑,我对命运已心平气和。

小时候是个女孩,大起来成为女人。总觉得做个女人要比男人难,大约以后成了老婆婆,也要比老爷爷累。

生活中就像没有无缘无故的爱一样,也没有无缘无故的幸运。对于女人,无端的幸运往往更像一场阴谋一个陷阱的开始。我不相信命运,我只相信我的手。

因为它不属于冥冥之中任何未知的力量,而只属于我的心。

我可以支配它，去干我想干的任何一件事情。我不相信手掌的纹路，但我相信手掌加上手指的力量。

蓝天下的女孩，在你纤细的右手里，有一粒金苹果的种子。所有的人都看不见它，唯有你清楚地知道它将你的手心炙得发痛。

那是你的梦想，你的期望！

女孩，握紧你的右手，千万别让它飞走！相信自己的手，相信它会在你的手里，长成一棵会唱歌的金苹果树。

素面朝天

素面朝天。

我在白纸上郑重写下这个题目。夫走过来说,你是要将一碗白皮面,对着天空吗?

我说有一位虢国夫人,就是杨贵妃的姐姐,她自恃美丽,见了唐明皇也不化妆,所以叫……夫笑了,说,我知道,可是你并不美丽。

是的,我不美丽。但素面朝天并不是美丽女人的专利,而是所有女人都可以选择的一种生存方式。

看着我们周围。每一棵树、每一叶草、每一朵花,都不化妆。面对骄阳、面对暴雨、面对风雪,它们都本色而自然。它们会衰老和凋零,但衰老和凋零也是一种真实。作为万物灵长的人类,为何要将自己隐藏在脂粉和油彩的后面?

见一位化过妆的女友洗面,红的水黑的水蜿蜒而下,仿佛洪水冲刷过水土流失的山峦。那个真实的她,像在蛋壳里窒息得过久的鸡雏,渐渐苏醒过来,我觉得这个眉目清晰的女人,才是我真正的朋友。片刻前被颜色包裹的那个形象,是一个虚伪的陌生人。

脸，是我们与生俱来的证件。我的父母凭着它辨认出一脉血缘的延续；我的丈夫，凭着它在茫茫人海中将我找寻；我的儿子，凭着它第一次铭记住了自己的母亲……每张脸，都是一本生命的图谱。连脸都不愿公开的人，便像捏着一份涂改过的证件，有了太多的秘密。所有的秘密都是有重量的。背着化过妆的脸走路的女人，便多了劳累，多了忧虑。

化妆可以使人年轻，无数广告喋喋不休地告诫我们。我认识的一位女郎，盛妆出行，艳丽得如同一组霓虹灯。一次半夜里我为她传一个电话，门开的一瞬间，我惊愕不止。惨亮的灯光下，她枯黄憔悴如同一册古老的线装书。"我不能不化妆。"她后来告诉我。"化妆如同吸烟，是有瘾的。我已经没有勇气面对不化妆的我。化妆最先是为了欺人，之后就成了自欺，我真羡慕你啊！"从此我对她充满同情。

我们都会衰老。我镇定地注视着我的年纪，犹如眺望远方一幅渐渐逼近的白帆。为什么要掩饰这个现实呢？掩饰不单是徒劳，首先是一种软弱。自信并不与年龄成反比，就像自信并不与美丽成正比。勇气不是储存在脸庞里，而是掌握在自己手中。化妆品不过是一些高分子的化合物、一些水果的汁液和一些动物的油脂，它们同人类的自信与果敢实在是不相干的东西。犹如大厦需要钢筋铁骨来支撑，而绝非几根华而不实的竹竿。

常常觉得化了妆的女人犯了买椟还珠的错误。请看我的眼睛！浓墨勾勒的眼线在说。但栅栏似的假睫毛圈住的眼波，却暗淡犹疑。请注意我的口唇！樱桃红的唇膏在呼吁。但轮廓鲜明的唇内吐出的话语，却肤浅苍白……化妆以醒目的色彩强调以至强迫人们注意的部位,却往往是最软弱的所在。

磨砺内心比油饰外表要难得多,犹如水晶与玻璃的区别。

不拥有美丽的女人,并非也不拥有自信。美丽是一种天赋,自信却像树苗一样,可以播种,可以培植,可以蔚然成林,可以直到地老天荒。

我相信不化妆的微笑更纯洁而美好,我相信不化妆的目光更坦率而真诚,我相信不化妆的女人更有勇气直面人生。

假若不是为了工作,假若不是出于礼仪,我这一生,将永不化妆。

做自己身体的朋友

每个人都居住在自己的身体里面,从一出生到最后的呼吸时刻。这在谁都是没有疑义的,但我们对自己的身体知道多少?

尤其是女性,我们的身体不但是最贴切最亲密的房子,对大多数女性来说,还是诞育人类后代最初的温室。我们怎能不爱护这一精妙绝伦的构造?

我认识一位女性朋友,患了严重的妇科疾患,到医院诊治。检查过后,医生很严肃地对她说,要进行一系列的治疗,这期间要停止夫妻生活。她听完之后,一言不发扭头就走。事后我惊讶地问她这是为什么?为何不珍重自己的生命?她说,丈夫出差去了,马上要回家。如果此刻开始接受治疗,丈夫回来享受不到夫妻生活,就会生气。所以,她只有不在乎自己的身体了。

那一刻,我大悲。

女性啊,你的身体究竟属于谁?

早年当医生时,我见过许多含辛茹苦的女人,直到病入膏肓,才第一次踏进医院的大门。看她满面菜色,疑有营养不良,问起家中的伙食,她却很得意地告诉我,一个月,买了多少鸡,多少蛋……听起来，餐桌上盘碗还不算太拮据。那时初出道，常常就轻易地把这话放过了。后来在老医生的教诲下，渐渐长了心眼，逢到这种时候，总要更细致地追问下去。这许多菜肴，吃到你嘴里的，究竟有多少呢？比如，一只鸡，你吃了哪块儿？鸡腿还是鸡翅？

答案往往令人心酸。持家的女人，多是把好饭好菜让给家人，自己打扫边角碎料。吃的是鸡肋，喝的是残汤。

还有更多的现代女性，在传媒广告绝色佳人的狂轰滥炸下，不满意自己身体的外形。嫌自己的腿不长，忽略了它最基本的功能是持重和行走；嫌自己的眼不大，淡忘了它最重要的功劳是注视和辨别；嫌自己的皮肤不细白，漠视它最突出的贡献是抵御风霜；嫌自己的手指不纤长，藐视了它最卓越的表现是力量与技巧……于是她们自卑自惭之后，在商家的引导下，便用种种方式迫害自己的身体，以致美容毁了容、减肥丧了命的惨事，时有所闻。

关于我们的身体——这所我们居住的美轮美奂的宫殿，你可通晓它的图纸？有多少女人，是自己的"身体盲"？

感谢中国有眼光的学者和出版家们，这两年来，翻译出版了一些有关女性身体的著作。在我手边的就有知识出版社出版的《我们的身体，我们自己——美国妇女自我保健经典》和东方出版社出版的《女性的身体——个人必备手册》。

以我一个做过医生的女性眼光来看，这两本书，做女人的，无论你多忙，也要抽空一读。或许正因为你非同寻常地忙，就更得一读。因为你的身体，是你安身立命的资本。如果你连自己的身体都不懂不爱，你何谈洞察世事，爱他人爱世界？

爱不是一句空话。爱的基础是了解。你先得认识你的身体，听懂它对你发出的特别信号。明白它的坚忍和它的极限。你的身体是跟随你终生的好朋友，在它那里，居住着你自己的灵魂。如果它粉碎了，你所有的理想都成飘萍。身体是会报复每一个不爱惜不尊重它的人的。如果你浑浑噩噩地摧残它，它就会冷峻地给你一点颜色看。一旦它衰微了，你将丧失聪慧的智力和充沛的体力，难以自强自立于世。

我希望有更多的姐妹们，当然也希望先生们，来读读这种关于身体的书。它是我们每人都享有的这座宫殿的导游图。

因为柔软，所以更需要智慧

不论男性还是女性，每个人都有一个发现自己、认识自己的过程，它伴随着一个人成长的全过程，也随着每个人的成长而深化。我读心理学，就是想更好地了解人、了解自己。我觉得人如果能把自己搞明白是件很有意思很好玩儿的事。作为女性，更要了解自己，发现自己。通常人说"人贵有自知之明"，都是说要明白自己的不足之处。而我认为，女性不光要了解自己的缺点，更要了解自己的优点、自己的特点，这才真的"珍贵"。

我做过医生，对女性的生理比较了解。男女生理上最大的不同是生殖系统的不同，但这种不同并不从根本上决定性别的优劣、强弱。我觉得男女的差异主要体现在社会性别上。我在西藏当兵的时候，我们司令员曾特别惋惜地对我说："你要是个男的就好了。"我问为什么，他说："你挺能干的，我想提你当参谋，以后还可以当参谋长。可惜你是个女的，这就没有一点儿办法了。"这是我长大成人后第一次鲜明地意识到男女性别上的不平等。现实中，女性在权利、义务、文化、尊严等方面与男性是有很大差距的，女性在社会上的声音总是很微弱，这是和人类社会的发展过程息息相关的。古时候人们要打仗，丈二的长矛女的就是拎不动。而现在，坐在电脑前，男女都一样，而且女的输入得可能还更快。人类的科技进步，为推动男女平等提供了基础，男女因为生理原因导致的不平等是可以渐渐被淡化的。

我发现我们女性和男性的差异，主要是文化上的原因造成的。比如，严父慈母大家都觉得很正常，但如果一个家里是严母慈父，大家会觉得有点儿例外。其实慈、慈悲，是男女共有的品性，不是女人的专利。

我曾看过一位作家写的文章，说更年期本是人一个正常的生理过程，但人们说起时会认为它包含一种贬义。这里头就有非常多的文化因素。在大学听我做报告的女学生特别多，从她们的眼神中我知道她们在思考，可到自由提问的时候，通常第一个站起来的总是男生。

从我们的文化上讲，一个女孩子总要先看看别人讲什么，这么站起来会不会冒失啊，又担心自己的问题会不会太幼稚啦，实际上是一种文化在压迫着她。从某种程度上说，这是女性的"自动放弃"。人是生而平等的啊！平等不是等出来的，是自己做出来的。这种"文化上的压迫"存于心间，即使平等已经到来了，女性自己心里还觉得不平等，那么这种平等就不能真正地到来。

女性要学会思考，真正成熟起来。女性心理成熟和自身的阅历在一定程度上相关，而这种阅历只是一种成熟的土壤，成熟则需要智慧。比如一个女人经历了失败的婚姻，上一次她找了一个比自己强的失败了，这次就去找一个差的，最后她可能结了四次婚，还是失败了。阅历没有上升成为智慧，没有思考，失败可能还会重复，而并不能使她真正地成熟。

我常常看到鸟儿一根一根地叼来树枝，千辛万苦也要给自己搭一个窝，我想，它们也是需要一个家，需要一种安全感的。人也一样，只是女性在体力上没法跟男性比，所以才对安全感要求更高。她们更需要男性的责任感，更需要关怀和呵护，这种需要是正当的。外在的柔软并不意味着女性就是弱者。在面对困境和生命挑战时，男女采取的方式可能不同，但克服困难的本质是一样的。女性凭借自己内在的力量能够赋予自身生命的意义、人格的尊严。她们在挑战自我的程度上，在承担社会责任的能力上，是和男性相同的。

女性对自身的了解和认识，包括她对自身生命意义的认识。女性到底是为谁活着？很多女人视孩子和丈夫超过自己的生命，以他们为自己生存的意义而忽略了自己。丈夫、孩子无疑是值得女人为之付出的，但并不是女人的自身或全部。我们说世界上没有相同的两片树叶，生命属于女人自己，女人应该为自己活着。不少女人在失去丈夫时觉得自己没法活下去了，在孩子不在身边后突然觉得生活空空荡荡没了着落。漫长的岁月里她们总是在等，等孩子的长大，等丈夫的闲暇，当这些都等到时，才发现自己已经衰老，已经远离了自己原本想干的事。每个人应该对自己负责，女性如果把自己生存的意义完全寄寓于对方，寄寓于别人对自己负责，这对男人也是不公平的。

女人因为柔软，所以更需要智慧。情感充沛是女人天性的特点，但不应该是女人的弱点。情感是好东西，女人怎么能没有情感呢？只是女人在付出情感时需要判断对方的真假，付出情感后还要保持与男人发展的同步。当然，这种同步不一定是事业上的，而是精神上的同步，精神上的成熟。女人在工作、家庭中的角色本身也是在发展变化中的。一劳永逸是不行的，坐等十年智慧也是等不来的。智慧不是来自外界，而是女人自身的修炼，内在的积累。智慧的女人给人的感觉会是宁静的、平和的。

如果我有一个女儿（我有一个很会自己拿主意的儿子），我不预期她将来干什么，我会让她自己去经历成长，我希望她去读更多的书，希望她在智慧上比我更胜一筹。我相信读书会开启女性自身的智慧。相比之下，我觉得"春蕾计划"更是难能可贵的。平等的受教育的机会对女性是非常重要的。

从女性的特点来说，女性敏感细腻，更容易感受幸福。幸福对每个人的定义是不确定的。我在感到自己有力量的时候，有一种幸福的感觉。这种"有力量"不是指别的，而是我能感知美好的东西，我有能力决定自己的生活。

由从医到写作，是因为写作让我觉得愉快，让我了解人，了解自己，发现自己。我没有理由去做让自己不愉快的事。生命有不可预见性，生活多么新奇，能让我不断地要向前走，不断地进步，我感到很高兴。我想，所有的女性都一样，如果能真正地了解自己，能有智慧做自己能做好的事，那么，幸福就在不远处。

女人什么时候开始享受

女人什么时候开始享受？

当我们为自己的母亲，为自己的姐妹，或为我们自己，问这个问题的时候，我们先要说明什么是女人的享受。

我们所说的享受，不是一掷千金的挥霍，不是灯红酒绿的奢侈，不是喝三吆四的排场，不是颐指气使的骄横……

我们所说的享受，不是珠光宝气的华贵，不是绫罗绸缎的柔美，不是周游列国的潇洒，不是管弦丝竹的飘逸……

我们所说的享受，只不过是在厨房里，单独为自己做一样爱吃的菜。在商场里，专门为自己买一件心爱的礼物。在公园里，和儿时的好朋友无拘无束地聊聊天，不用频频地看表，顾忌家人的晚饭和晾出去还未收回的衣衫……在剧院里，看一出自己喜欢的喜剧和电影，不必惦念任何人的阴晴冷暖……

我们说的女人的享受，只是那些属于正常人的最基本的生活乐趣。只因无数的女人已经在劳累中将自己忘记。

女人何尝不希冀享受啊。

抱着婴儿，煮着牛奶，洗着衣物，女人用沾满肥皂的手抹抹头上的汗水说，现在孩子还小，等孩子长大，我就可以好好享受了……

孩子渐渐地大了，要上幼儿园，女人挽着孩子，买菜做饭，还要在工作上表现出色，女人忙得昏天黑地，忘记了日月星辰。

不要紧，等孩子上了学就好了，松口气，就能享受了……女人们说，她们不知道皱纹已爬上脸庞。

孩子终于开始读书了，女人陷入了更大的忙碌之中。

要把自己的孩子培育成一个优秀的人。女人们这样想着，陀螺似的转动在单位、家、学校、自由市场和各种各样的儿童培训班里……孩子和丈夫是庞大的银河系，女人是行星。

白发似一根银丝，从空气中悄然落下，留在女人疲倦的额头。

我什么时候才能无牵无挂地享受一下呢？

在没有月亮的夜晚，女人吃力地伸展自己酸痛的筋骨，这样问自己。

哦，坚持住。就会好的，等到孩子大了，上了大学，或有了工作，一切就会好的。到那个时候，我可以好好地享受一下了……

女人这样对自己允诺。

她就在梦中微笑了。

时间抽走女人的美貌和力量，用皱纹和迟钝充填留下的黑洞。

孩子大了，飞出鸽巢，仅剩旧日的羽毛与母亲做伴。

女人叹息着，现在，她终于有时间享受一下了。

可惜她的牙齿已经松弛，无法嚼碎坚果。她的眼睛已经昏花,再也分不清美丽的颜色。她的耳鼓已经朦胧,辨不明悦耳音响的差别。她的双腿已经老迈,再也登不上高耸的山峰……

出去的孩子又回来了,他带回一个更小的孩子。

于是女人恍惚觉得时光倒流了,她又开始无尽的操劳。

那个更幼小的孩子开始牙牙学语了,只是他叫的不是妈妈,而是奶奶……

女人就这样老了,终于有一天,她再也不需要任何享受了。

在最后的时光里,她想到了,在很久很久以前,她对自己有过一个许诺——在春天的日子里,扎上一条红纱巾,到野外的绿草地上,静静地晒太阳,听蚂蚁在石子上行走的声音……

那真是一种享受啊。

女人说着,就永远地睡去了。

原谅我描述了这样一幅女人享受的图画,忧郁而凄凉。

因为我觉得无数的女人,在慷慨大度地向人间倾泻爱的时候,她们太不爱一个人了——那就是她们自己。

女人们,给我们自己留一点享受的时间和空间吧。不要一拖再拖,不要一等再等。

就从现在开始,就从今天开始。

不要把盘子里所有的肉,都夹到孩子的嘴边。不要把家中所有的钱,都用来装扮房间和丈夫。不要把所有的精力,都投入工作。不要在计划节日送礼物的名单上,独独遗下自己的名字……

善良的女人们,请从这一分钟开始,享受生活。

发出声音永远是有用的

有一年,我应邀到一所中学演讲。中国北方的农村,露天操场,围坐着几千名学生,他们穿着翠蓝色校服,脸蛋呈现出一种深紫的玫瑰红色。冬天,很冷。

我从不曾在这样冷的地方讲过这么多的话。虽然我以前在西藏待过,经历过零下 40 摄氏度的严寒,但那时军人们急匆匆像木偶一般赶路,缄口不语,说话会让周身的热量非常快地流失。这一次,吸进冷风,呼出热气,在腊月的严寒中面对着一群眼巴巴的农村少年谈人生和理想,我口中吐冒一团团白烟,像老式的蒸汽火车头。

演讲完了,我说,谁有什么问题,可以写个纸条。这是演讲的惯例,我有什么地方说得不妥当,请大家指正。孩子们掏出纸笔,往手心哈一口热气,纷纷写起来。老师们很负责地在操场上穿行,收集字条。

我打开一张纸条。上面写着:我很生气,这个世界是不平等的。比如,我为什么是一个女孩呢?我的爸爸为什么是一个农民?而我同桌的爸爸却是县长?为什么我上学要走那么远的路,我的同桌却坐着小汽车？为什么我只有一支笔，他却有那么大的一个铅笔盒？

我看着那一排钩子一样的问号，心想这是一个充满了愤怒的女孩，如果她张嘴说话，一定像冲出了一股乙炔，空气都会燃起蓝白的火苗。

我大声地把她的条子念了出来。那一瞬，操场上很静很静，听得见遥远的天边，有一只小鸟在嘹亮地歌唱。我从台子上望下去，一双双乌溜溜的眼珠，在玫瑰红色的脸蛋上瞪得溜圆，还有人东张西望，估计他们在猜测纸条的主人。

据说孩子们在妈妈的肚子里，就能体会到母亲的感情。很多女孩子从那个时候，就感受到了这个世界的不平等，因为你不是一个男孩，你不符合大家的期望。

这有什么办法吗？没有。起码在现阶段，没有办法改变你的性别。你只有认命，我在这里说的"命"，不是虚无缥缈的命运，而是指你与生俱来的一些不能改变的东西。比如你的性别，比如你的相貌，比如你的父母，比如你降生的时间地点……总之，在你出生以前就已经具备的这些东西，都不是你所能左右的。你只能安然接受。

不要相信对你说这个世界是平等的那些话，在现阶段，这只是一厢情愿，不过，你不必悲观丧气，其实，世界已经渐渐在向平等的灯塔航行。比如100年前，你能到学堂里来读书吗？你很可能裹着小脚，在屋里低眉顺眼地学做女红。县长的儿子，在那个时候，要叫作县太爷的公子了，你怎么可能和他成为同桌？

在争取平等的路上，我们已经出发了。记住，没有什么人承诺和担保你一生下来，就享有阳光灿烂的平等。你去看看动物界,就知道平等是多么罕见了。平等是人们智慧的产物,是维持最大多数人安宁的策略。你明白了这件事情,就会少很多愤怒,多很多感恩。你已经享受了很多人奋斗的成果,你的回报,就是继续努力,而不是抱怨。

身为女子,你不要对这样的不平等安之若素。你可以发出声音。说了和没有说,在暂时的结果上可能是一样的,但长远的感受和影响是不一样的,对你性格的发展是不一样的。而且,只要你不断地说下去,事情也许就会有变化。记住,发出声音永远是有用的,因为它们可能会被听到并引发改变。

说实话,让一个受到忽视的女孩子很小就发出对于自己不公平待遇的呐喊,几乎是不可能的。但我思索再三,还是决定保留这个期望。因为今天的女孩,也可能变成明天的母亲。如若她们因循守旧,照样端起了不平等的衣钵,如若她们的女儿发出呼声,也许能触动她们内在的记忆,事情就有可能发生变化。当然了,如果女孩子长大了,到了公共场合,这一条就更要记住并择机实施。

记住,呐喊是必须的,就算这一辈子无人听见,回声也将激荡久远。

抱着你，我走过安西

那一年我到甘肃敦煌。从兰州坐汽车，在戈壁上跋涉千里，一日午后，经过安西。白茫茫的沙海反射着耀眼的阳光，远处矗立着从地面直通云端的黑色风柱，旋转着向我们逶迤而来——那是沙暴……

我突然感到一种莫名其妙的亲切。眼前这干燥的黄土，盘旋的热风，死一般的寂静，还有渐渐旋近的危险……

我可能在梦中到过这个地方。我对自己这样说。

半月后，我回到家，同父母说起安西的遥远。我夸张地描述那里的荒凉，说，你们无法想象那里的神秘。

妈妈很注意地听我聊天。自从我长大到了许多她不曾到过的地方以后，在我描述远方的时候，她总是像个小学生一样专心地看着我，那神气不单是从我这里得到新的见闻，而是在用整个姿势说：看！我的女儿去了我没有去过的地方！

猜测到了母亲这种心情以后，我常常投其所好。我得意地说，妈妈，您到过安西吗？

没想到妈妈非常肯定地回答，30多年前，我抱着你，走过安西。

我回过头去看爸爸。我不是不相信妈妈,我是需要再一次的证明。

爸爸说,是的,那时你才5个月。

我的父母不喜欢忆旧,总是对以后发生的事充满了希望,觉得最后的才是最好的。

谈话无端地中断了。我们总以为还有无数的时间储存着,可以从容地回忆以前。但是突然,我的父亲患了重病。在那种气氛下,是不能忆旧的。我们相信父亲会好起来,我们觉得做那种回忆的事情,会在冥冥中对父亲的康复有背道而驰的力量。

我们格外地避讳谈过去的事情,我们以为这样就可以对抗那种叫作命运的东西。

我们错了。父亲离我们远去。痛定思痛之后,我才发现有关父亲的往事,我们知道的是那么少。懂得自己的父母是一件需要时间的过程,我们不可太年轻,那样我们只能记得他们的慈爱,无法深刻地洞悉他们的内心。我们也不可太年长,那时岁月的烽烟已将我们熏染,无数次默念中将父母重新塑造,已不再具有原始的亲切。

作为女儿,我不知父亲生命中的许多空白。在父亲去世以后,我才知道这是永远无法弥补的黑洞了。

我不想要家谱那样的东西,那是公共的枯燥的记录。我想看到我的祖先对他们生活血肉温暖的倾诉。

我已寻觅不到我的父亲了,于是我把双份的爱恋和探索的目光,注视着我的母亲。

母亲是一个穷人家的女儿,年轻时十分美丽。我小的时候,尽管她对我发着脾气,面色很难看,但在我看来,她依旧是美丽的。这甚至影响了我一生中对女子的审美观,我一直以为像我的母亲那样,白皙端庄不高不矮不胖不瘦的女人,才是世上最完美的女性。

我的父母是山东文登人,很小就定了亲。爷爷家的村庄很小,只有一所初级小学。父亲读高年级的时候,就要到母亲所在的村子里读书了。每逢放学的时候,和母亲一起玩的小伙伴就嚷:快看小英子的女婿。他下学了。

母亲小名叫英子。她远远地看着父亲——一个眉毛黑黑的高大男孩。

父亲在威海读了中学后,参军到了山东抗日军政大学。以后到了一野,解放战争中转战南北,跟随王震将军,一直打到了新疆的伊宁。

这座中国西北长满白杨的城市,距我父母的家乡,大概有一万里路。

1951年,我的父亲来了一封信,要我的母亲赶快到新疆与他团聚。那一年,母亲刚满20岁。

父亲后来说,当时王震将军已经开始在内地广招女兵,他作为一个年轻的军官,时常被人问及婚姻。他记着母亲,所以邀母亲前去,但那时的新疆,遥远得如同今日的北极,都是罪犯流放之地。他征询母亲的意见,由母亲做出她对自己命运的选择。

母亲是可以不去的。

但是母亲深深记挂着那个有浓黑眉毛的男子。她把家里的门帘摘下来,洗净叠好,放在炕上,好像是去串亲戚,不久就会回来。把自己的换洗衣服装进一个小包袱,带着烧饼和姥爷卖了粮食凑的几块钱,踏上了未知的道路。

母亲先到了烟台,然后坐船到青岛。她从没出过远门,又晕船,坐的是轮船在水面以下的那个统仓,吐得日月无光。

但是青岛的风景使她把旅途的艰辛淡忘,凭着父亲开出的介绍信,母亲和几位到新疆寻夫的女人汇合在一处。有一个女人的老父是个地主,农村的形势使他感到某种危险,所以和女儿一起远走新疆。他有文化而且有头脑,母亲就把介绍信交给他,由他一路安排食宿。

母亲离开家乡的日子是1951年农历的二月二,龙抬头的日子。其后的旅行在母亲的记忆里就变得模糊而迷茫。她上了一辆又一辆的汽车和火车,到达西安以后,又开始坐马车。他们这一伙老人和妇女每天住在负责接待的兵站里,像真正的军人一样大碗盛菜,馒头管够。

母亲刚开始想,当兵在外原是这样舒服啊!但随着行程越来越向西,景色越来越荒凉,母亲想父亲一个人在外,真是够可怜的了。

沿途晓行夜宿,母亲已和同行的人十分熟悉。突然有一天,那老人说,现在已经到了新疆的界面,他们几个的亲人在南疆,而我的父亲在北疆。以天山为界,前面就是分手的地方,母亲将独自完成剩余的几千里路程。

那一瞬,母亲感到了极大的恐慌。甚至比从家乡出走时还要孤单。那时她不知道旅途的艰难,幸好找到了同伴。现在她知道以后的路程更加莫测,征途迢迢,却要独自跋涉。

但这是无法救药的事情。老汉对母亲说,你的男人做的官比她们的都大,你会有好日子过的。路上的事你不是都见识过了吗？没有我，你也一样能对付得了。

他们坐着新疆特有的勒勒车，向南方的沙漠中走去。妈妈默默地注视着他们，充满惆怅。在以后的岁月里，再也没有得到他们的音讯。

1951年的5月，历尽风霜的母亲到达了新疆的乌鲁木齐。她被告知父亲在伊宁率领部队执行任务，一时没有汽车到那里去，只有等。

母亲就在乌鲁木齐等了整整一个月。那是一段十分痛苦的等待，母亲什么人都不认识，一个人到街上去转，语言又不通。母亲想，一定不能死在这里，不然变成鬼魂，也找不到人说话。后来总算有了一辆老掉牙的车，要到伊宁去，母亲迫不及待地爬上车，一路颠簸，终于在离开家乡5个月以后，到达伊宁。

母亲坐在父亲的团部里，有人去喊父亲……

我以为这种阔别多年的会面一定非常激动，没想到母亲淡淡地说，她看到父亲时只有一个感觉就是——他长大了。

我也问过父亲同样的问题，您见到母亲的第一印象是什么？父亲说，当然是高兴啊，你妈妈胆子够大的。要是别的人，不会跑这么远来找我，咱们老家那地方的人，是很恋家的。

母亲在父亲的团里住了下来。那时候，部队很艰苦。领导干部的家眷平日也都住在集体宿舍里。只有到了星期天，才让夫妇团聚。办法是在大礼堂里用白布单分割出许多单间，女人们先把自己的被褥铺好，熄了灯以后，男人们才无声地钻进自己的家。母亲说，黑灯瞎火的，有的男人曾经摸错过门。

我就是孕育于这样的环境。

由于水土不服，母亲的身体变得很坏。她在卫生队当了一段时间护士以后,就再也支撑不了了,天天躺在床上。有一次她下床的时候,晕倒在地,头撞在脸盆架上,血把肥皂盒都灌满了。

母亲说,我从一出现,就同她作对,害得她一点东西也吃不了,最后变得骨瘦如柴。她甚至想自己可能要死在这个叫作伊宁的地方了,这是她第一次后悔到新疆来寻找我的父亲。

正是母亲最困难的时候,上级命令父亲带着他的队伍出征。母亲看着父亲,什么话也没有说。因为她知道,说什么话也不能改变父亲执行命令的决心。她只是仔细地盯着父亲,要把他的形象深深地刻在自己的脑子里。她想,等他回来的时候,自己可能已经不在这个世界上了。

父亲也是什么也没说,他只是留下了一个警卫员照顾我的母亲。

这是一个老兵,足有40多岁了。当母亲第一次对我描述他的时候,我说,妈,您肯定记错了。哪有那么老的兵?这个年纪可以当将军了。

妈妈说他真的只是一个兵,是从国民党队伍里解放过来的,个子矮矮的,脸圆圆的,一笑一眯眼,很和善的样子。

父亲在众多的战士里挑选了这个老兵,是他一生最英明的决定之一。如果不是这个有经验的男人细心照料,我母亲和我的生命将遭遇巨大的风险。

妈妈一天什么也不吃,不是她娇气,而是她的胃成心和她作对。无论她吃进什么,胃都毫无例外地翻滚,把东西吐出来。

妈妈被边塞的风吹得欲哭无泪,在1952年伊犁河畔的一座土屋里。父亲在远方率领着他的部队征战,绝不回头照料自己的妻子。

母亲无怨无悔地躺在床上。她甚至都停止思维了，只是在等待。等待她必然的命运。

这时候她闻到了一种奇异的香味，她觉得自己从小到大没有闻到过这么诱人的味道。

小胖子，你吃什么呢？母亲问。

她其实只是一个20岁的少妇，那个老兵的年纪快有她的父亲大了。但是部队里都这样称呼那个老兵，大家都习惯了，她只能服从风俗。

小胖子走进来，黑色大土碗里，装着嶙峋精致的骨头和肉。

这是什么？妈妈问。

这是野鸽子的肉。

哪里来的？

我逮的。

让我尝尝好吗？

好。

小胖子把碗递给我妈妈，妈妈把野鸽子肉一口气吃完了。然后他们就安安静静地等待着。以往也有这种情形，妈妈把东西吃进去，但是很快就吐了出来。不是妈妈要吐，是她身体里一种莫名其妙的力量要这样捣乱。

决定吐不吐东西的是你。妈妈对我说。

我无言以对。那时的事情我真是不记得。

等待的结果不是吐，是妈妈又饿了——她还想吃野鸽子的肉。

小胖子高兴极了。他正为如何完成自己的任务大发其愁。要是我的母亲终于死了，他会像失守了一座阵地一样自责。但他不知怎样劝一个吃不下东西的孕妇，他想出的唯一办法是——把周围能找得到的一切生物拿来烧了吃，他是一个四川人，还是很会吃的。

他吃了一样又一样，我的母亲总是无动于衷。但小胖子不气馁，继续试验下去。当他试到把野外捕来的野鸽子烧了吃的时候，我的母亲终于焕发了食欲。

在怀你的10个月当中，我只吃了不到10斤米。母亲说。

我说，妈妈您一定是记错了。一个孕妇，只吃这么少的粮食，她自己和婴儿都要陷入重度的营养不良。

母亲说，怎么会记错呢？大米是你父亲留下的，当时要算是特殊待遇了，由小胖子保管，我每次都劝他一道喝稀饭，因为四川人是爱吃大米的。他总是说，只有10斤，还是省着吃吧。这样一直到了生你的时候，米还没有吃完。

我说，我生下来的时候一定满面菜色。

妈妈说，孩子你错了。生你的时候是在一家苏联医院，你红光满面，健康无比。

我说，妈妈这是怎么一回事？

妈妈说，那都是野鸽子肉的功劳啊。

从那天以后，小胖子总是黎明即起。在伊犁河谷地上有一座废旧的仓库，小胖子把仓库所有的窗户都打开，在地上撒满苞谷粒。然后他就埋伏在远处，目光炯炯地注视着飞翔的野鸽子群。野鸽子们先是在天空盘旋，它们嗅到了新鲜苞谷的香气，一个个钻进幽暗的谷仓。它们在窗台上踯躅着，判断有无危险。

小胖子在远处镇静地等待着，不慌不忙。

野鸽子就大着胆子飞进谷仓，降落在地面上，仔细地捡食金色的谷粒。它们发出咕咕的友善的叫声,把大量的同伴吸引过来。

小胖子有足够的耐心,他要到傍晚时分才开始动作。拎着一把大扫帚,蹑手蹑脚地进了谷仓。野鸽子腾飞起的烟尘眯了他的双眼,但剩下的活他熟门熟路,就是闭着眼睛也是干得了的。他急速地奔到窗户跟前,把破旧的窗户死死关住。

谷仓立时昏暗起来,小胖子挥动大扫帚,上下飞舞,像哪吒的风火轮。野鸽子惊恐地飞翔着,但门窗已被堵死,扫帚像乌云般地扑下来,野鸽子无力地降落在地上……

小胖子把野鸽子捉住,把它们炖在从苏联买回的铝锅里,和我的母亲吃得津津有味。

我问母亲,您一共吃过多少只野鸽子?这可是杀生。

妈妈说,那不是我要吃,是你要吃。要不然,为什么吃什么都吐,唯有吃野鸽子就不吐了呢?整个怀你的期间,我大约吃了几千只野鸽子吧。

我吓了一大跳说,您准是记错了。

妈妈很严肃地说,我每天最少要吃十几只野鸽子,300多天算下来,你说是多少只吧?

于是我暗暗地向造就我生命的这3000多只野鸽子道歉和祈祷。它们用血肉之躯构成了我的大脑骨牙齿和黑发,它们把飞翔的灵魂赋予了我,它们把从伊犁河谷的紫苜蓿红柳花蒲公英草籽中吸取的大地精华馈赠于我。我若是一生的努力还抵不过一只小鸟飞越蓝天时的勇敢,真是暴殄了天物。

妈妈渐渐地健康,终于到了1952年的10月。中秋节过后,住进了苏联人开的医院。阵痛席卷了她三天三夜,父亲还在远方操练他的部队。有人把妈妈难产的消息飞报父亲，他到医院里来了一趟。苏联医生的制度很严，他只能隔着窗户看一眼妈妈。父亲当时满脸悲怆，注视着这个跋涉了万水千山来找他的老乡……但是他不能停留，立即又骑马赶回了几百千米之外的部队。

妈妈记住了父亲那张悲戚紧张的脸，她很感动。她的一生紧紧同这个人相连，在一个女人最危急的时刻，他不能帮助她，但给了她深深的关切，这就足够了。

我是在正午12时出生的。母亲说，她几乎在我出生的同一分钟就睡着了。几天几夜没合眼，疲倦已极。护士捅醒她，让她看一眼初生的婴儿。母亲说，看到我的第一眼，惊讶我的眉毛那样像我的父亲，浓黑地皱着，好像在思考什么重大的问题。之后她更深沉地睡着了。

母亲远离家人，没人照料她。胖胖的苏联看护大娘端来鲜红的西瓜，示意她吃。我出生在晚秋，这在内地已经是没有西瓜吃的季节，但新疆正是瓜果飘香。因为出了很多血，母亲口渴万分，但是她没有吃那诱人的西瓜，想起在老家，人们说月婆子是不能吃凉东西的。而且她还有说不出口的原因，生孩子的时候，一直咬紧牙关，满口的牙齿都松动了，无法咀嚼……

妈妈抱我回了凄清的部队，由于孩子不停地哭，不能再住集体宿舍了，母亲住进一间泥做的小屋。在新疆有许多这样的小屋，屋顶平平，墙壁裂缝，看得出是用砍土镘镢起的湿泥堆积而成，在某个角落还留着施工者当年的手印，你常常觉得它随时都会倒塌，其实它可以在风雨中屹立多年，比人要活得长久得多。

小屋远离人群，母亲抱着我，度过一个个漫漫长夜。孤独地听着呼啸的塞风，她不敢熄灯，面对如豆的灯火直到天明。清晨别人问她,是不是小女儿很难带?她说,没有啊。人家说,那为什么夜夜灯火通明?妈妈不好意思承认自己害怕,就把罪名推到我身上,改口说,是啊,女儿很爱哭。

当我3个月的时候,父亲回来了。这是他第一次见到我,也很惊讶我是那么像他(其实我远没有我的父亲英俊,我先生同我相识以后,曾说过你的父母都那么出类拔萃,可惜了你们这些孩子,居然没有一个像他们的)。父亲对母亲说,准备好,我们要走了。

母亲默默地准备行囊,她已经习惯了父亲的漂泊。甚至都没有问这次是到哪里去。倒是父亲自己忍不住了,说,你猜我们是到哪儿?上北京!

当时正是1953年初,组建军委,从各大军区选调年轻的团职干部充实总部,父亲恰在其中。

母亲并没有表示太多的欣喜和惊讶,她是一切听从父亲。只是在具体办调动的时候,遇到了一点意外。当时母亲的军籍已经报上去了,正在待批阶段。本来父亲要是稍微催促一下的话,也早就办好了。但因母亲一直得病,以后又是孕育我,父亲总想等到母亲能精干地工作时,再批不迟。现在中央的调令急如星火,上面只有父亲一个人的名字。摆在父母面前的是两条路——要么父亲一个人赶赴北京,母亲等着军籍批下来以后再办调动,要么同行,但母亲是以家属的身份跟随进京。

母亲毫不犹豫地选择了后者,这使她在今后漫长的岁月里付出了高昂的代价,影响了她的整个性格。浓重的阴影甚至渗进了我们的童年。

但是1953年初的母亲是兴致勃发的。她将随着她终身的依靠，一步步向内地迁徙。她离开父母已经很有一段时间了，她原不知自己何时才能再回家乡，此刻希望就在前面。

我那时只有3个月，携带这样小的孩子跋涉关山将遭遇怎样的困难，母亲估计不足。他们匆忙上路，坐在隆冬时节的汽车大厢板上，开始了历时几个月的颠簸。

妈妈本来以为是可以抱着我坐驾驶楼子的。一来在爸爸的队伍里妈妈一直是享受照顾的，她忽略了天外有天。再一个原因完全是凑巧，同时调往北京的干部里，有一名家属也带了一个孩子，8个月大。

那孩子比你大了将近半岁啊，可他们不让着我。妈妈在多少年后一想起来，还叹息不止。

我的父亲是历来以忍让为美德的，他反对我的母亲同对方讲理，甚至反对母亲同对方协商出一个方案，每个孩子一天轮流坐在驾驶楼里。他只是要母亲忍让，让那个比我的生命历程长了将近3倍的男孩，不受风雨的侵袭，日日享受驾驶室的温暖。

其实就是在那些最颠簸的日子里，留给我的依然是幸福。母亲的怀抱永远是婴儿的海洋与天空，只要有了母亲，我们就永远有太阳。

母亲为了我吃了很多的苦，每逢到了兵站的时候，父亲都不愿让母亲抱着我与众人一起吃饭，怕我一时哭了起来，坏了众人的食欲。母亲就一个人在车上坐着，直到大家都吃完了饭，才独自走向冰冷的饭桌。当然父亲也是身体力行的，他也常常让母亲先去吃饭，自己抱着我，孤守在汽车大厢上。

我至今对所有人多的场合都心生畏惧，愿意一个人悄悄地躲在类乎大厢板这种寂寞凉爽的地方，拄着下巴出神。我想这一定是归功于我的父亲从小不许我上桌吃饭的命令,养成了我躲避喧嚣的习惯。

进京的路线是从新疆伊宁翻越果子沟,到达乌鲁木齐。然后穿过星星峡经哈密出新疆,继续东进,沿河西走廊到达兰州。这途中,在安西车坏了。母亲抱着我,徒步走过安西。一路上经过的许多地方,母亲都已忘记。她无暇参观车外的景色,一个3个月的婴儿在她怀中嗷嗷待哺。但她记住了"安西"这个地名,因为父亲对他说,过去的皇帝为了表示边境安宁,中国就有了"安南、安东、安西……"这些名称。面对着苍茫的大漠和如血的夕阳,母亲抱着她的小婴儿一边跋涉一边想,但愿此生永远不再经过安西。

现在在天上旅行不过几个小时的路程,父母亲走了几个月。到了1953年的5月,才到达北京。

其后的日子大约是母亲一生中最无忧无虑的时光。父亲作为年轻有为的军人,在总部机关大展宏图。建国初期时军人至高无上的地位,使得母亲心满意足。她没有其他的事情,专心致志地生养儿女。这其中有一次调干上工农速成中学然后上大学的机会,母亲毫不犹豫地放弃了。让父亲有一个舒适的家,让儿女们有一个快乐的童年,就是母亲单纯而美好的愿望。

父亲到政治学院深造了。母亲在家抚育着我们。这时已到了1957年,母亲已有了我、妹妹、弟弟三个孩子。她住在部队的大院里,每天穿着剪裁合体的旗袍,领着弟、妹款款地散步。家中有保姆做饭,我被送到幼儿园长托,生活静谧而安详。

开始反右了,机关大院里闹得熙熙攘攘。从学校回来休假的父亲突然看到了几张大字报,说是有些军官的夫人没有工作,一天躲在城里吃闲饭……下面还附了一张长长的名单，他的名字赫然在列。

大字是一个哗众取宠的人所写，所有被点到名的军官们都置若罔闻。但我一贯尊严而要强的父亲如坐针毡，他第一次因了母亲，在众人面前感到抬不起头来。

吃晚饭的时候，父亲平平静静地说，你带着孩子回乡下去吧。

那一刻母亲惊骇莫名。但她很快就镇定下来了，她一生信服父亲，既然是父亲这样说了，那就是一定应该这样做的了。她默默地接受了父亲的安排，居然没有一丝异议。

第二天早上，母亲穿着单薄的旗袍，雇了一辆三轮车，大清早赶到前门的廊坊头条，排队买了一架缝纫机。她从小绣花，20岁时出来寻找我的父亲，现在带着三个孩子回到乡下，她不会干农活，只有给人家做衣服，以做生计。

当所有的军官夫人都我行我素地过着和她们以往同样的日子时，我的母亲到办事处转出了我们母子四人的北京户口。对于这种毫无外力胁迫下的自由迁徙，办事员大惑不解，一再提醒我的母亲想清楚些，北京户口可是个宝，一出了这个门，你就是哭得眼睛流血，也成不了一个北京人了。

母亲默默地听着她的话，什么也没有说，带着我们的户口回到她的故乡——山东文登的一个小村。

父亲甚至没有把我们送回老家，就赶回去上他的学去了。

母亲离开故乡的时候，是一个如花似玉的女孩，那一方水土的人都以母亲为骄傲，对自家的女孩说，要出落得像小英子一样，以后嫁个军官，见大世面，过好日子。现在年近30的小英子突然很落魄地拉扯着三个孩子回来了,其中我最小的弟还不到一岁。

姥姥一家慌忙腾出"门屋子",给我们住,这是一间暗谈的小屋,在大宅院里,是看门的长工住的地方。乡亲们窃窃私语,以为我的父亲一定是犯了天条,或者是我的母亲遭了婚变。

他们狐疑地观察着母亲,母亲对这一切浑然不觉。人们唯一能相信母亲说她在外面日子过得还好的证据是——我们这几个孩子粉面玉琢,不像遭了虐待的模样。

母亲的缝纫机没有派上什么用场,她只会简单地轧线,并不会裁剪,乡下人喜欢的式样她也做不出来,根本没有人找她做衣服。她开始下地劳动,玉米锋利的叶子把她的胳膊划出道道血痕。她毫无怨言,跟着年迈的姥爷学习着一件件农活。

不管大人们如何评价这一次搬迁,它在我心里留下了极为美好的印象。我再也不用穿夹脚的红皮鞋,可以光着脚在地上跑来跑去。我再也不用喝腥气冲天的炼乳,而可以大嚼特嚼冒着青水的玉米秆,直到把舌头划出一道道血口,但是只见到吐出的渣滓变成粉色,并不觉得疼。中午时分我可以在大太阳底下,用姥爷编的小篮子捡河滩上无穷无尽的鹅卵石,捡满了就把它们倒回河里去。再也不用像幼儿园那样必须睡午觉,谁要是睡不着,多翻了几个身,生活老师就不给你升小红旗……

那一年,我五岁。一个五岁的城里孩子记住的都是快乐。我的妹妹三岁,我的弟弟一岁,所以我相信,要不是经过特别的提醒,他们是一定不记得自己曾经认认真真地做过几个月乡下人的。

我父亲独自遣返家属的事情,被领导知道。他们要求父亲立即将我们接回。于是在离开北京很短的日子后，妈妈带着我们又回到北京。

新的家比原来的家还要大和漂亮，那时的家具都是配发的，所以把自己的被褥铺好后，几乎一切都没有变化。甚至比原来还要舒适。因为我已经过了幼儿园的转园时间，要在家里待几个月，才能进入新的班级，父亲专门为我请了新的保姆。在一段时间里，家里居然有两个保姆，好不热闹。

表面看来，一切都没有变。但是一个最重要的变化已经不可逆转地发生了——那就是我的母亲认识到了世界的严酷。她原来以为父亲就是一切，现在才发现她除了父亲一无所有。

我要去上班，去工作。母亲说。父亲惊讶了一下，说，你能干什么呢？

母亲已经快 30 岁了，她除了绣花，没有做过其他的工作。这些年忙着抚育我们，原有的文化已经淡忘。

别人能做什么，我也能做。母亲说。

但是孩子怎么办呢？父亲问。

找保姆。母亲坚决地说。

父亲是挚爱母亲的，他什么都没有说，开始为母亲联系工作。因为母亲爱绣花，她进了一家工艺美术厂，在铜器上描花。

母亲也许幻想着成为一个工艺美术大师，但她必须从学徒做起，每月的工资是 15 元。

家里雇着两个保姆的开销，数倍于母亲的收入。母亲每天除了上班以外，还要参加众多的政治学习，回家时往往是深夜。母亲从来没有经过这样紧张的奔波，回家后看着我们被保姆带得肮脏不堪，素有洁癖的母亲又挽起袖子亲自为我们洗涤。

这样几个月下来，父亲看着疲惫不堪的母亲和顿失饱满的孩子说，你就不要上班了。这是何苦呢？我又不是养不活你们。

母亲一字一句地说，我再也不想让别人养活了。那个贴大字报的人，不管是什么用心，他让我明白了，一个人要是没有一技之长，说不定什么时候，别人就会操纵你的命运。

从此以后，母亲坚忍地过着她的学徒生活，我们几个孩子主要在别人的照料下渐渐长大。父亲繁忙地工作着。大家虽然忙碌，也很快活，直到有一天……

那时我已9岁了，记忆已十分清晰。在一天吃晚饭的时候，父亲突然说，我要回去了。

母亲什么也没问，但是立刻知道了父亲所说的回去，是指返回新疆。

母亲说，吃完饭，再说这件事好吗？

吃完饭后的事情，我就不知道了。当我长得比较大以后，才知道，由于中苏边境中蒙边境紧张，要向新疆增派干部。父亲是从新疆调来的，对新疆比较了解，自然是首当其冲的人选。

我们已经守过边疆了，现在该轮着别人去了。母亲无力地说。

跟组织上，是不能讲这个话的。父亲说。

妈妈以为原来同我们一同调京的干部，大部分都会回去。没想到真到临行的时候，只有父亲依旧去戍边。

别人为什么都不回去呢？为什么偏偏是我们？母亲不解。

他们都说自己有病。父亲说。

那你也说自己有病。母亲说。

我没病。父亲说。

当我的父亲后来患一种极罕见缓慢的恶性血液病、离开人间的时候，我在外文资料上看到，父亲所患疾病的病史是长达几十年的。父亲到了新疆之后就多次高烧，现在看来，那就是疾病的早期征兆了。

那些号称有病的军人，至今还在世上。我的健康无比的父亲，已长辞人间。

由于当时边境形势十分紧张，父亲必须立即前往，不得携带家属。于是父亲又一次离开我们母子，一个人奔赴祖国的边疆。

从那以后，我基本上就没有跟我的父亲长久地相处过。他在我的心目中，渐渐地幻化成一个神。当我们做了什么不好的事情的时候，妈妈就会说，要是你爸爸知道了，他会难过的。要是我们做出了什么成绩，妈妈就会说，你爸爸会高兴的，所以，对我来说，无所不在的父亲，总是在高远的天空俯视着我，犹如上帝的目光。

我觉得在我的父亲离开北京以后，我的母亲才真正地长大。尽管在这以前，她已经有了3个孩子，还经受了一次下乡的锻炼。现在，她一向依傍的肩膀断然离开，在漫长的中蒙边境建设中国铁的边防，三个孩子像蚂蟥一样吸在她的身上，汲取她的力量。

母亲在那个年代留下的照片，明显地呈现出一种断裂。在我的父亲没有离去之前，她是优雅的军官夫人。在这之后，虽然父亲的官职不断升迁，母亲反倒更像一个劳动妇女了。母亲在一所普通的工厂做工，从亲身的经历中，体验到民间的疾苦，对我们的要求严格了。她终日和平民百姓打交道，变得越来越朴素。

母亲上班的工厂不通汽车，她就从旧货市场买来一辆"生产"牌的自行车，从此每天在路上奔波两小时。她再也不穿优雅的旗袍了，因为她始终没学会骑车的刹闸，遇到危险时只会匆忙跳下，旗袍不方便。她也像普通女工一样中午带菜，我记得她总是把辣椒之类很清淡的菜，装进一个小酒盅里，说是这样不容易洒。依家中的情形，妈妈可带好一些的菜，但她很俭省。我后来才明白，她是不愿让别的女工感觉她特殊。冬天她冒着风雪回来后，手冷得像冰坨，弟、妹都吵着要她抱抱。母亲总是说，让我在暖气上把手烤热一点再抱你们……

母亲跟着她们工厂的人学着纳鞋底，说要给我做一双布鞋。我一直对母亲的布鞋充满神往，对同学们也吹过不止一次。但是母亲因为忙，这鞋做了好几年。等到鞋底子纳好的时候，我的脚已经长大了，无法再穿这双布鞋。母亲就说，可以改成布凉鞋，反正脚趾头能伸到鞋外面，小一点也是可以穿的。我大度地说，那就变成凉鞋好了。但实际穿起来，才知道布底子的凉鞋是很没有优越性的，夏天多雨，一沾水就变得死沉，实在不舒服。

母亲为我们织毛衣（在这以前，我们的毛衣都是买的，十分漂亮），织了很大一片，才发觉掉了一针。母亲就和我商量，说要是拆了重织，浪费很多时间，干脆用针线把那个窟窿补起来，不仔细看是看不出来的。我当然拥护妈妈的合理化建议，而且认为天衣无缝。直到很多年以后，我听女人们议论起毛衣掉了一针，需拆了重织时，我苦口婆心地劝她们只需用针缝起来，她们惊讶得仿佛我是教唆纵火，我这才晓得妈妈当年是如何地因陋就简。

妈妈实在是太忙了。

父亲刚走，我的弟弟就在幼儿园里患了急性黄疸型肝炎，这在那个饥饿的年代，是可以置人于死地的疾病，3岁的弟弟被送到全军的传染病医院隔离治疗，因为我的父亲已经调出这个单位，父亲在时的所有待遇一概取消（我至今认为军队是最铁面无私的地方），母亲在每一个星期日去赶公共汽车，倒几次车，去远郊看我的弟弟。当然给父亲写了信，但是父亲是不会回来的，在他的心里，国家的事永远比自家的事重要。

后来我的妹妹又得了重病，住进了301医院，要动手术。手术做到一半，医生传出话来，怀疑是癌症。母亲在扩大手术范围的单子上签了名，手术整整做了9个小时。那一年，我的妹妹刚11岁。

父亲这一次回来了，但是只在家里待了3天，就又坐飞机赶回边防线。母亲几乎习惯了对命运中的突变单独应战。她已经从那个柔弱的夫人成长为一根顶梁柱。

她每日守着妹妹，带她去烤镭，带她看中医。妹妹成功地从病魔的手里逃脱出来，是母亲再造了妹妹。

但母亲对我们又是很严厉的。自父亲调走以后，我们家的位置起了某种微妙的变化。我们的小学是部队的子弟小学，家长们的爵位就成了砝码。父亲在时，我并不是凭借父亲的现位才获得成绩，但是父亲走了之后，要保住以往的光荣，我却要付出加倍的努力。

但无论怎样挽救，事情也有不能如意的地方。比如我担任少先队的大队长一职多年，因为我的学习成绩一直比较优秀。有一次，大院里说是学空军，要把孩子们另组织起一套新的队伍，一位成绩不如我的同学成了这个组织的大队长，而我成了一个莫名其妙的楼长。

母亲知道之后，声色俱厉地斥责我，说我骄傲了，退步了，怎么连××都不如了……那次打没打我，我不记得了。但我记得心境非常忧伤，我注视着母亲，心想妈妈您是真的不懂人一走茶就凉的道理吗？我比您小得多，可是我懂。我在心里对她说，妈妈，我已经尽了最大的努力，但我就是比现在做得还要好上十分，这个大院里的大队长也是不会给我当的。那个××的父亲是主管学校的要人，您忘了吗？

我的父亲出任中蒙边境边防总站的第一任政委，成功地完成了多次边境谈判。当80年代末期，报纸画报上登出某位现今的领导，是中蒙边境防务的缔造者时，父亲淡淡地说，我当政委的时候，他刚刚入伍。

父亲一生淡泊名利，他永远把家庭置于国家利益之下，母亲为此做出了巨大的牺牲。

"文革"开始，父亲参加三支两军，制止武斗到了不顾身家性命的地步。母亲实在放心不下，她决定追随父亲到新疆。

母亲又一次经过安西，为了父亲和我，重回荒凉之地。

我参军到了西藏，母亲经常面向她以为是西藏的方向，长久地流泪。

我是长女，母亲对我倾注了更多的爱。我从小就和母亲相依为命，所有的艰难和困厄，我都和母亲一同渡过。

我更深刻地认识母亲，是在得知我的父亲患重病之后。母亲的天塌了，我知道这对于她是怎样深重痛苦的打击。但是在那灾难性的日子里，母亲表现出了无畏的勇敢和坚忍，她无微不至地照顾父亲，安慰着我们。其实这个世界上最需要安慰的正是她自己啊。

写到这里，我的泪水滚滚而下，电脑的键盘上落满了水滴，手指不断打滑。我无法平静地描写父亲最后的时光，也许我永远也写不出来，那实在是心灵的炼狱。我只是为我的父母深深地感动着，他们相依为命，一同走过了艰辛而幸福的一生。

父亲在最后的痛苦中对我说：我很幸福。有你妈妈，有你们……

父亲是一个军人，一个永远以国家的利益高于一切的人。在他的一生中，我没有听到过他说过类似温情的话。

我的母亲——那个山东昆嵛山下聪明美丽的女孩，她将一生交给了我的父亲，又顽强地从父亲的身影里走了出来，以她坚韧的自尊的努力，给了我们以良好的教养、简朴清白的品格、荣辱不惊的心胸和在巨大的苦难面前无所畏惧的气概。

我的父亲在我的眼中是神，他的目光睿智而高远。

我的母亲是一个普通的女人，她用自己的血脉锻造了我们，精神溶化于我们的生命。为了使她快乐，她的子女愿意做任何事情。我的妹妹后来在北京大学读书，弟弟在1977年考上大学。

父亲去世后，母亲曾对我说，你爸爸到远处去了。你们小的时候，你爸爸就经常到远处去，这一次不过走得更长久些。我们终会到你父亲所在的地方去，我们还会团圆。在没有远行之前，我们还像以前你父亲不在的时候，一道好好地过日子，好吗？

好的。妈妈，我答应您。

爸爸妈妈，无论天上人间，我们永远在一起。

家庭幸福预报

今日世上多预报。比如天气预报、地震预报、商情预报、服装流行趋势预报,甚至连几十上百年后的日月食,都有了分秒不差的天象预报。不知为什么一桩婚姻诞生时,却没人对它的走向发布家庭幸福趋势预报。

料想此事太难。

人无慧眼,可穿透岁月层叠的雾岚,窥见新人的沧海桑田。天会变,道亦会变。地位、相貌、健康、性格……都像拥挤的卵石,在时间的渠里磕磕绊绊,几十年冲刷下来,筚路蓝缕,旧貌新颜,有的化作晶莹玛瑙,有的碎成粉渣石屑。意志不是金刚水钻,没有坚不可摧的硬度,柔软多孔的人心是善变的精灵。

更无一把衡尺,可丈量幸福的杯子是否饱满。你以为汹涌澎湃,他却道涓涓细滴。你陷入悲痛欲绝,她沉浸风花雪月。思维无并联,神经永绝缘,是动物的造化之幸,也是人的悲哀之源。幸福也许是高速车上捆绑的安全带,因人制宜,松窄可调,不到车毁人危的关头,看不出它所捆定的价值。

幸福无框架,幸福无定义,幸福不会立此存照,幸福无法预支和储蓄。幸福可以压缩，幸福可以扩展。幸福无保修，幸福无退换……谁愿面对一件标准模糊的朦胧产品，说短论长。

家庭的幸福，难道真是百面妖魔，没有丝毫蛛丝马迹可寻？幸福的趋势，竟如盲人摸象，永无程序可考？设想婚礼的筵席上，若有预告幸福指点迷津的权威术士，该是最受敬畏的上宾。

不知未卜先知的哲人，有何手段击穿未来、烛照今夕？依我之心，窃以为该先测测双方的智商。假如智慧相等或差池在±10%的范围内，幸福便有了十分中二点五分的保障。想想看，若在几十年的耳鬓厮磨中，每一句话都呢喃两遍以上，彼此才能缓缓沟通，是否慢性受刑？爱是生死与共的事，其难度不次于哥德巴赫猜想，分秒必争斗转星移的今日，脑是每个人首要的固定资产，评估它的功能状态，是严肃认真必备必需的手续。男女相悦不仅是荷尔蒙素的迸发，更是理智沟回清醒的把握。

教育的差异可在漫长的日子里填平补齐，更何况家中回荡的多是人生冷暖，并非先贤凝固的文字。假如智慧不对等，鸿沟非人力可充垫，循环往复的对牛弹琴，最易生出惨淡的麻痹和难以疗救的倦怠。世上有许多背景悬殊的夫妻，在外人以为必是寡淡无味的相守中，其乐融融。不仅是情操的契合，实有神智棋逢对手的持久快意。

单有智商是不够的，还需品质的优良与性格的互补，分数前者占三后者占二吧。

婚姻是一场马拉松跑，从鬓角青青搏到白发苍苍。路边有风景，更有荆棘，你可以张望，但不能回头。风和日丽要跑，狂风暴雨也要冲，只有清醒如水的意志持之以恒的耐力，才能撞到终点的红绳。

婚姻在某种程度上，是阴阳的大拼盘。我总怀疑性格的近似,是滋生不幸的助剂。粉了还要紫,绿了还要青,雪上加霜是搭配学上犯忌的事。然而相反相成,刚柔相济,图纸上令人神往,实施起来难度很大。度的掌握重要而微妙。逆反太凶,则是冤家对头,虽有强的磁场引力,但长久相克,磨损太甚,只怕两败俱伤。然而适当的尺寸,又像丝丝入扣的魔鞋,缥缈大地,谁知遗走何方?有的人寻找一生,找到了,是大幸运。找不到,无望无奈,也可保有死水微澜的宁静。最怕的是委委屈屈地将就,合久必分,却又当断不断。好像快餐店的塑料低背椅,可呆片刻,难以固守一生。道貌岸然地坚持,必是颈项腰腿痛。半辈子熬过去,脊柱都弯矮了。

　　善良在幸福这锅汤里,就像优质味精,断断少不得。我看至少把一点五分给它。现今有人觉得善良简直就是无用的别号,我却以为无论在生意场社交场上,善良多么忍辱蒙羞落荒而走,友谊与家居的优美疆域,永是它世袭罔替的领地。丧失善良的友谊,是溶了蒙汗药的酒池肉林。缺乏善良的婚姻,是危机四伏无法兑现的期票,婚姻易碎,婚姻易老,善良如绵绵长长包裹婚姻瓷器完整的丝缕,似青青翠翠保养婚姻花叶常青的圣水。

　　剩下的一分,不知判给谁好。机遇、门第、如影随形的契机、冥冥之中的缘分……都在争抢终局的发言权,它们都很重要,假如有道判定婚姻幸福的公式,都该罗列其内,在结尾处结结实实占一席之地。但我思索再三,决定将这场婚姻预言的最后因子,留给通常在爱情中故意漠视的金钱。

　　很世俗,但很实际。贫贱夫妻百事哀,当一生的基本生活需要都没有保障的时候,我不知家庭幸福的青鸟,可以栖息在哪枝无果的树上做巢。婚姻里沉淀着那么多的柴米酱醋盐,每一件都与金钱息息相关。我们有许多清高的场合可以不谈钱，但家是一个必须坦荡地经常地反复地赤裸裸地议论金钱的地方。对金钱的共同掌握和使用方向的通力合作，是家庭木桶防止渗漏的坚实铁箍。

钱绝不可以太少，男人女人，要用自己的双手，用血汗化作干净的金钱，注满列车正常行驶的油箱。钱多比钱少好，但不要超过双方卓越的智力与优良的品质可以控制的范畴。单纯的金钱，就像单纯的水一样，不加消毒照料，就会慢慢蒸发腐坏。金钱与善良结合，才是世上很多美好事物的摇篮。

如果我们看到一对男女结成连理时，智商均衡，天性互助，多温柔宽厚之心，也不乏冷静果决之勇，坚韧友爱，钱不多也不少，顾了温饱，尚有些微节余，可以奠定共同事业的起点，那么无论他们身材多么矮小，相貌多么平凡，出身多么低微，文化多么有待提高，情感多么不善表达，誓言如何稀少轻淡……甚至在外人眼里他们贫寒寂静，简单简陋，我都有足够的理由期待，他们会在艰窘中生长出至亲至爱的快乐与幸福。

我希望祝福成真。

假如一对新人智差殊异，性格无补，少温良仁爱的善美，多冷冽森严的辣手，钱不是太多就是太少……无论他们身高如何匹配，相貌如何俊美，家世如何渊源，文凭如何耀眼，情感如何缠绵，山盟如何海誓如何……有多少外在的光环闪烁，也无论青梅竹马，患难之交，萍水相逢，千里姻缘，弄巧成拙，指腹为婚……有多少内里的故事流传，我却总带着凄凉的心境，仿佛看到幸福终结的海市蜃楼，在不远处波光粼粼。哀痛使我无法扮出由衷的微笑。

这一回，但愿我看走眼了吧。

孝心无价

我不喜欢一个苦孩求学的故事：家庭十分困难，父亲逝去，弟、妹嗷嗷待哺，可他大学毕业后，还要坚持读研究生，母亲只有去卖血……

我以为那是一个自私的学子。求学的路很漫长，一生一世的事业，何必太在意几年蹉跎。况且这时间的分分秒秒都苦涩无比，需用母亲的鲜血灌溉！一个连母亲都无法挚爱的人，还能指望他会爱谁？把自己的利益放在至高无上位置的人，怎能成为为人类献身的大师？我也不喜欢父母重病在床断然离去的游子，无论你有多少理由。地球离了谁都照样转动，不必将个人的力量夸大到不可思议的程度。在一位老人行将就木的时候，将他对人世间最后的期冀斩断，以绝望之心在寂寞中远行，那是对生命的大不敬。

我相信每一个赤诚忠厚的孩子，都曾在心底向父母许下"孝"的宏愿，相信来日方长，相信水到渠成，相信自己必有功成名就衣锦还乡的那一天，可以从容尽孝。

可惜人们忘了，忘了时间的残酷，忘了人生的短暂，忘了世上有永远无法报答的恩情，忘了生命本身有不堪一击的脆弱。

父母走了，带着对我们深深的挂念。父母走了，遗留给我们永无偿还的心情。你就永远无以言孝。

有一些事情，当我们年轻的时候，无法懂得。当我们懂得的时候，已不再年轻。世上有些东西可以弥补，有些东西永无办法弥补。

"孝"是稍纵即逝的眷恋，"孝"是无法重现的幸福。"孝"是一失足成千古恨的往事，"孝"是生命与生命交接处的链条，一旦断裂，永无连接。

赶快为你的父母尽一份孝心。也许是一处豪宅，也许是一片砖瓦。也许是大洋彼岸的一只鸿雁，也许是近在咫尺的一个口信。也许是一顶纯黑的博士帽，也许是作业簿上的一个红五分。也许是一桌山珍海味，也许是一只野果一朵小花。也许是花团锦簇的盛世华衣，也许是一双洁净的旧鞋。也许是数以万计的金钱，也许只是含着体温的一枚硬币……但"孝"的天平上，它们等值。

只是，天下的儿女们，一定要抓紧啊！趁你父母健在的光阴。

第三编

送你一颗光芒之海

铁马冰河入梦来

当我写完《昆仑殇》最后一个标点时,有一种奇怪的感觉:好像心的某一部分被掏空了,只留下一个洞。

午夜时分,家人熟睡。我独自走到屋外。

北京的夜不黑,无数灯火交织成彩色的图画。北京的夜也不静,声音的波涛一刻不停,只不过比白昼略低沉了点。唯有冰冷如汁的空气,像清泉一样荡涤着肺腑,使人感到振奋与警醒。遥望西部,我感到一丝淡淡的欣慰。

西部有一座雄伟的高山。绵延数百万平方千米的世界屋脊,由它无尽的子孙组成。它的主峰——乔戈里峰,是我们这个星球上的第二高峰。在古老的文化典籍中,它被称为"帝下之都",是黄帝居住的地方。这座威严的万山之父,就是昆仑山。

1969 年,我参军离开北京,来到了昆仑山上的一个部队。几个月后,迎来了我 17 岁的生日。战友们为我摆了一桌"罐头宴"。银亮短粗像炮弹壳一样的军用罐头,开了一筒又一筒。有橘子的,有苹果的,有菠萝的,有雪花梨的,还有……对于每月只有一筒半水果罐头定量的士兵们,这是很靡费很丰富的盛宴了。我们把罐头汁倾倒在刷牙用的搪瓷缸里,彼此碰得山响,快乐地"干杯"。

"你才 17 岁,太小了。"一个老医生说。

"我已经是大人了。很大的人。"我严肃地纠正他。

"真正的大人,是怕人家说他岁数大的。况且'大人'这个称呼,本来就是小孩子说的话。"老医生平静地反驳我。

许多年过去了。每逢过生日时,这对话便清晰地在我耳边响起。我不再自称为大人,而且惊讶时间过得太快了。

当我从报纸上看到,如今 17 岁的女孩子们,为父母该不该偷看她们的日记而展开热烈的讨论时,不禁浮起会心的微笑。我羡慕她们,但觉得她们比那时的我们还要小。

她们自有她们的幸福。假如历史能够退回去重新拍摄,我愿意踊跃加入她们的讨论,并坚决主张父母不应该偷看她们的日记。

可惜,历史不可涂改。于是,我只有羡慕,却从不后悔。

关于昆仑山上的艰苦;关于高原、缺氧、奇寒、强烈的紫外线;关于冰峰雪崩,汽车失事,置人死地的高原病,我们的文学家艺术家已经写过那么多的话,我说不出更令人惊心动魄的故事。我一直在做医务工作,这在军营之中,相对是比较安全舒适的了。尽管如此,我还是看到了那么多死亡,那么多牺牲。没有身临其境的人,是无法想象在那种严酷的自然条件下,人自身的生命力是何等软弱!我想过妈妈,我掉过眼泪,我甚至诅咒过命运。但我终于义无反顾地加入了保卫者的行列,成为祖国的哨兵。

昆仑山呼啸的风雪,卷走了我一生中最好的年华。它浓重的身影，横亘在我生命的原野上。我步入这座高山的时候，还是个稚气未脱的少女。12 年后，当我离开这座山时，已是人近中年了！昆仑山在向我索取了高昂的代价之后，馈赠我一件终生享用不尽的珍宝，这就是青年时代艰苦生活的磨炼。

我是个医生，而且自信是个不错的医生。

我之所以写起小说，就是因为对昆仑山的挚爱。它是我心中一颗充满活力的种子。

昆仑山是值得用如椽大笔去挥写的。在我国灿烂的古代文化之中，它有过无数辉煌的传说。在高高的昆仑山巅，长着顶天立地的稻谷，它的每一粒谷米，都是珍珠和美玉。黄帝巍峨壮丽的帝宫，是百神聚议的地方。把守这座华美宫殿的天神，名叫陆吾，他有着英俊威严的面孔，背后却是老虎的身子和脚爪，还拖着九条尾巴……

然而，现实中的昆仑山，哪有什么天稻！哪有什么宫殿！哪有什么陆吾！它是一个严酷的冰雪世界。在这被称为"世界第三极"的冰冻雪国里，生活着我们的边防战士。告别父母，远离家乡，四面八方的稚子在昆仑山上被铸成了钢。在那场空前的民族灾难中，他们经受了更为惨烈的苦难，却始终像昆仑山一样，沉稳坚强地挺立着……

我曾急切地寻找所有描写昆仑山的文学作品。他们有的写得真好，令我赞赏、令我感叹。但每每于掩卷之后，又生出一丝淡淡的惆怅：这同我心中那座雄奇伟岸的高山，似乎并不能完全重合。像一架尚未调试到极佳状态的电视机，总有一点重影，有几行波动。

这怪不得别人。有一百个人，就有一百座昆仑山吧！

那座属于我的昆仑山,时时像雕塑一般,凸现在眼前。陆游的两句话,简直像为我写的:夜阑卧听风吹雨,铁马冰河入梦来。

我想试着勾画我心中的那座昆仑山。

只是,我行吗?一个"文革"时期的初中毕业生。虽然有一张大专文凭,但那是医学的,与文学可不搭界。那场可怕的"革命",中断了我们这一代人的学业。除了医学,对于数理化,对于文史哲,我似乎总停留在一个初中生的水平。无论怎样自学,无论怎样读书,就像一株误了生长期的植物,再也抽不出绿色的枝条。

我有繁重的本职工作,还有诸多头绪的社会工作,更有不可推卸的家务工作。对于一个女人来讲,在人生这座舞台上,不写小说,角色也已经够多够乱的了。像个蹩脚的棋手,与数个高手对弈,再添上一盘盲棋,你是否有这个勇气?

文学的小路上又是如此拥挤。好心的前辈谆谆告诫:写作是一桩极苦的事业,你推开的将是一扇"地狱之门"。

我跳到空中,像一个第三者一样,冷静地分析了一下我自己。不要抱怨命运吧。每一代人,由于历史的限制,都有自己特定的趋势。不必过于骄傲,也不必过于沮丧。如果把这叫作命运,那它是一回事,自己的努力则是另一回事。与我们每个人密切相关,可以左右的,是第二件事。我这个人别无长处,但是不怕吃苦。这要感谢昆仑山。我经历了那种罕见的艰难困顿之后,一般的苦便难不倒我。

电大中文专业招收自学视听生,我报了名。……没有时间听课,见不到辅导老师,你想完成作业,可连作业题是什么都搞不清楚。更有甚者，有好些科目，连教科书都买不到。于是只有向别人借书来读。上午借，下午还。临到考试，便连书也借不到了。我有时颇感滑稽，觉得自己有点像高玉宝。记得参加第一门考试之前，内心紧张之余，竟感到有些凄楚，觉得这真是自找苦吃。

还好。我的成绩相当不错。一路考下去，我以各科平均80多分、毕业论文"优"的成绩，结束了电大的学业。

现在，总该开始了吧！

唔，不行。学然后知不足。我这才知道自己太浅薄了。文学上那么多流派，那么多主义，那么多色彩。无数本名著等待你翻阅，无数位大家矗立在前头，压得人只能仰视。我又一头扎进书籍中去。

学习不是目的。学习是为了创造。没有学习，便没有创造。但总是学习，也没有了创造。我，必须开始了。

只是，在文学艺术界，我举目无亲。写出的东西，投往何处？倘是返稿，精神上受一次打击不说，别人若知道了，会不会嘲笑说风凉话？

曾盘桓于所有文学青年起步之初的种种顾虑，也像绳索一样羁绊着我的笔。

难啊！世界上最难战胜的敌人，就是你自己。

但毕竟，我还是写了。我写我心的一部分，一肚子的墨水，带着稀薄的血痕，留在了洁白的稿纸上。借此，献给我心中神圣的山。

感谢《昆仑》编辑部的海波同志。对一个素昧平生的业余作者的处女作，他立即予以关注，几天后就给我回了信。在小说的修改过程中，他付出了巨大的精力与心血。人们多知道海波是一位才华横溢的青年作家，殊不知他也是一位极端认真负责的编辑。我真诚地感谢《昆仑》编辑部对我这样的无名作者所给予的支持和帮助。

《昆仑殇》发表了。

电话铃不断。多是我的同学好友。自幼在北京长大，我有不少自幼儿园就熟的朋友。

"看了《人民日报》登的《昆仑》目录，那个写小说的毕淑敏，是你吗？"

"是我。"像所有初学写作的人一样，我实行了严格的保密。现在，人家找上门来指名道姓地问，只得承认。

"那篇叫昆仑……昆仑什么呀？我还不认识这个字。念昆仑汤？要不念昆仑场？"

"念殇。昆仑殇。"

"殇？是什么意思？"

"殇，就是死。"

"什么？昆仑死？写山就够没情绪的了，再加上死！哎呀，你写什么不行呀，偏写这个……"

我放下了电话。真抱歉，我写别的不行。只能写我最熟悉的昆仑山。

幸好以后见面时，朋友对我说："你的小说我看了。看过之后我沉默了好长一段时间，被一种很悲壮的情绪笼罩着……"

谢谢你，我的朋友！

沉默了好长一段时间！

这话说得真好。我至今认为这是所有赞扬声中最高的一句评价。

　　能使我们这一代人沉默的事情，不是太多的。我们同共和国一道，经历了过多的风雨，过多的喧哗。如今又被裹旋进高节奏的现代生活之中，留给我们沉默的时间太少了。沉默是一张白纸，它意味着思考之后将留下点什么。

　　我希望人们能记住在遥远的西部，有一座雄伟的高山。在那高山之上，有无数双警惕的眼睛和无数颗赤诚的心。我们花前月下的每一次聚会，星光璀璨下的每一夜安眠，歌舞升平中的每一声欢笑，都是他们用鲜血和生命换来的。我手中这支拙劣的笔，倘能传达出这种情感之万一，我心足矣！

　　万事开头难。我已经开了一个头，但开头以后的事，似乎更难。人，应该时时前进，超越自己。但超越，又谈何容易。好比爬山，我现在站在昆仑山的脚背处。举头仰望，险峰峻岩，好一条漫长的路！

昆仑之吃

谈吃的文章，多半是讲某时某地有某种特殊的吃食或吃法，但我要写的昆仑山之吃，却是普通的东西普通的吃法，只因了海拔高的缘故，那留在记忆中的味道，便永生永世找不到伴侣。

二十多年前，我在喀喇昆仑山、喜马拉雅山、冈底斯山交汇的藏北高原当兵。如果把高原比作世界屋脊，我们所在的地方就要算屋顶上吻兽所处的位置，奇异而险峻。从山底下运来的蔬菜，被冰雪冻得像翡翠雕成的艺术品，用手指一碰，发出玻璃一样清脆的声响。给养部门在进行了若干次不成功的尝试之后，终于放弃了给我们运输鲜菜的打算，从此我们天长日久地与脱水菜为友，别无选择。

脱水菜无以辩驳地证明了一个真理：有些东西失去了便永远不能挽回。脱水菜失去的是普普通通的水，但你无论再给它多么充足的水，它都不能再恢复到原来的性状，依旧像柴火一样干涩难咽。

最常用的食谱是脱水菜炒肉。平心而论，六十年代末七十年代初期，全国副食供应匮乏，但昆仑山上的肉食始终很充足。雪白的猪皮上扣着紫蓝色的徽章，标明产地。记得一次炊事班长一菜勺把一块紫色肉皮盛到我碗里，那戳证是紫药水打上的，可以食用，虽然煎炒，仍鲜艳灼目。我仔细端详了一下，认出"郑州"两个字，一张嘴，就把河南的省会咽到肚子里去了。以后记得还吃过几座城市，比如四川的绵阳、河北的石家庄。

山上也养猪。刚开始是从山下运上来仔猪。猪娃的高原反应比人还严重，它们又不懂事，身上难受，不像人似的知道安静卧床，反倒乱蹦乱跳，很快就口吐血沫，患高山肺水肿死去了。炊事班长每天看着泔水白白扔掉，心疼得不行，立志要在高原上养猪成功。后来，他托人从国境线那边换回来小猪崽，据说是印度种，山地适应性极好。小猪刚断奶，不爱吃食，他就冲了奶粉喂猪。顺便说一句，山上那时奶粉很多，从农村入伍的战士都不爱喝，说没有苞米面糊糊好喝，便眼睁睁地看着奶粉过期。印度猪很适应高原气候，很快长成一只大猪。山上气候恶劣，人们食欲很差，剩饭菜多，印度猪最后肥得肚皮耷拉下来擦着地，皮都磨破了。炊事班长便把它赶到卫生科的外科治疗室，叫护士给猪包扎一下伤口。猪便拖着粘着白纱布的肚子，在营区内悠闲地散步。

炊事班长对印度猪这么有感情，我们猜他一定舍不得杀它。"八一"的前一天，炊事班长却手起刀落，飞快地把印度猪给宰了。大家都问炊事班长怎么舍得，炊事班长奇怪地反问大家：养猪不就是为了吃肉吗！大家都说可惜了可惜了，昆仑山上见个活物不容易，有一口猪每天在外面走一走，也能叫人生出许多感想，怎么就杀了呢！过了"八一"，大家又都说印度猪的肉不好吃，说从小喝牛奶的猪没有农村里吃糠长大的猪味道好。这只普通的来自印度的黑猪，无论它活着还是死后，都使许多年轻的中国士兵想起平原，想起遥远的家乡。

营区附近有一条河，河深丈许，清澈见底。它是著名的印度河的上游，有一个美丽的名字——狮泉河，不知是指狮子像泉水一样地跑过来，还是泉水像狮子一样跑过来。总之这两种意境都美丽而雄奇，让人联想到洁白奔涌的景色。狮泉河使我怀疑一句古老的哲语——水至清则无鱼。狮泉河是高原万古寒冰所融的积水汇合而成，清冽得如同水晶，鱼群繁茂得如同秋天树叶飘落在马路上，有时一片河水被鱼背映得发黑。据老同志说，以前鱼群还要兴盛。汽车沿着河水浅的地方开过去，车轮碾过，便有两道宽宽的鱼带浮起，车辙由碾死的鱼标出。轮到我们戍边的时候，鱼已经没有那么多了，但依然稠密而愚笨。用曲别针弯个鱼钩，将一块生牛肉条挂在曲别针上，甩进河里，不消片刻，鱼就上钩了。

藏北的鱼不知归于哪一属哪一科目，色黑亮如柏油，肉雪白若膏脂。但不知是高原上人的胃口差，还是这鱼本身的问题，大家都不爱吃鱼。星期天的早晨，常有人披了军大衣在狮泉河畔垂钓。钓到了，便把那挣扎着的鱼从曲别针上摘下来，重新丢入沸沸扬扬滚动着的河水中。许多年后，听一位去过西方的朋友讲，那里的文明人类活得多么潇洒，常常把钓到的鱼再甩回湖里，钓鱼不是为了吃，而是为了消遣。我想早在很多年前，因为寂寞，我们也曾达到过这种境界，原来也曾潇洒过一回。

但是在高原上必须吃。吃了才有体力，才能在高原上屹立下去。我们的国家很穷，我们不是凭着强大的国力威慑住想更改国界的邻国，而是凭着人——敢在难以生存的险恶之中生存，以证明我们捍卫这块领土的决心。这便有了几分悲壮几分苍凉。我们这些边防军，是活的界碑，把身体养得强壮，便有了非同寻常的意义。

总后勤部给我们发了"六合维生素"，就是把六种维生素混在一起压成片剂，每一粒都光滑得像子弹。每天我们都一大把一大把地吞药，仿佛病入膏肓的老人。维生素到底有多大的效力，我不敢妄下结论。只知道在吃着维生素的同时，我们指甲凹陷、齿眼出血、口腔溃疡、头发脱落……对于人，最重要的是空气。因为氧气不足而出现的这一系列麻烦，只有用一分钱都不值的空气才能治疗。可惜，空气在高原是定量的。

为了保证大家吃好，挑选炊事班长的严格不亚于挑选一位军事指挥员。要能吃苦，会动脑筋，还需手巧。

我们的炊事班长是甘肃人。方头，两只眼睛的距离很远，身材高大。当我后来看到挖掘出来的秦始皇兵马俑时，自觉得为班长找到了祖先。

班长扛大米，嘿哟哟，一次能扛两麻袋。一袋一百斤，在高原上扛两袋，简直是找死，可他脸不变色心不跳。班长摇压面机，别人两个人握着摇柄，慢慢悠着劲转，高原偷走了小伙子们的力气，把他们变成举止迟缓的老翁。班长把机器摇得像一架飞速旋转的风车，面页子便像瀑布似的涌垂下来。

班长也很会动脑筋。用高压锅蒸馒头，要先在屉上刷一层油。这样才不粘锅。班长会把蒸锅内的水添得恰到好处，会把四个眼的汽油灶烧得恰到好处，两个恰到好处凑在一处，馒头熟了，水熬干了，高压锅残存的余热，将馒头底子煎得焦黄油润，仿佛北京"都一处"的锅贴。

这项操作是班长的专利。有不服气的炊事员想试一试,结果是差点使高压锅像颗鱼雷似的爆炸。

但班长也有很失算的时候。有一次,早上喝藕粉。昆仑山太阳出得晚,做饭时还得点上煤油灯。班长一手持灯,一手掌勺,灯火将他的半边身子映得锈红,另半边还隐没在黑暗之中。他一俯一仰地围着锅台忙碌,将表层的藕粉汤舀出来,撇进泔水桶里。我看到班长奇怪的举动,问他这是在做什么。他长叹了一口气说藕粉的成色是越来越不行了,看,这里混进了多少草梗!我凑近那灯光,看清飘浮在藕粉中的一小朵一小朵金黄的桂花。原来这是新运上来的桂花藕粉,生在黄土高坡的班长从没见过这种精致的花朵,便以为是异物。

高原上气压低,水不到八十摄氏度就开,火候很难掌握。即使是班长挂帅,也常有误饭的事情发生。所以开不开饭,并不是以号声为准,而是看班长的眼色行事。每天到了开饭时间,大家便排着队走到饭厅前,立定,开始唱歌。唱《毛主席语录歌》,唱《我是一个兵》,等等。通常是三五支歌后,系着白围裙的班长从灶房里钻出来,梧桐叶子一般大的手掌一挥,就解散开饭,大家作鸟兽散了。有一回,不知是出了什么纰漏,我们整整齐齐地列队唱歌,唱了一首又一首,大约过了半个多小时,还不见炊事班长出来挥舞他梧桐叶子一样的大手,大伙都饿得有气无力了。

负责起歌的是一个四川籍小个子兵,他终于卡了壳,再也想不起有什么歌子可唱了,说没有歌了,咱们就这么干站着等吃饭吧!大家说你就随便起个歌吧,不是有那么多革命样板戏唱段嘛,你起个头,我们一准跟你唱就是。小个子兵抖抖嗓子,大声领唱了一句:"想那当初,老子的队伍才开张……"

革命样板戏的反复灌输,使我们对每一段唱腔都倒背如流。大家一听到这熟悉的曲调,不假思索地异口同声地随他引吭高歌起来。于是样板戏的唱段就在冰峰雪岭之间回荡缭绕。

炊事班长像失火一样从灶房里跑出来,大手刀剁斧劈地往下砍,大吼了一声:唱什么唱!开饭啦!

直到这时,许多人还没意识到大家齐声合唱了一段反面人物的唱腔。饥饿终究是世界上最有权威的君王,大家一哄而散了。

后来,听说领导要追查小个子兵的责任。炊事班长晃着眼睛间距很宽的方脑袋说,那天的责任全在他。因为饭开晚了,小个子兵饿糊涂了,完全是昏唱。

因为班长很有人缘,事情就不了了之了。

每天吃中午饭的时候,"解散"的口令一下,最先冲进饭厅的一定是河南兵,像杀敌一样英勇。

河南人大概是最爱吃面食的人。一百斤面粉比一百斤大米要更占地方。运输部队便运来大量的米和少量的面。只有每天早餐恒定是吃馒头,晚上有时吃面条,其余的空白便均由大米所充填。班长在农村是挨过饿的人,最怕做的饭不够大家吃,早上的馒头便总有富余,剩下的中午热了再吃。河南兵就是冲这几个剩馒头去的。班长是个很讲"不患寡而患不均"的人,他觉得馒头总让这几个河南兵抢走了,就是对别人的不公。他没有办法阻止河南兵抢馒头,但他有权力使点小计策让河南兵们的努力失败。米饭是一屉一屉蒸的,他把那几个馒头神出鬼没地分散在各屉里,这样晚到的人也可以在最后一屉的角落里突然发现一只馒头。有一次,真不巧,河南兵因为找不到馒头,只得悻悻地填饱了米饭离开饭厅，馒头突然出现时，在场的人又恰好都是爱吃米饭的。宝贵的馒头反而像大海中的岛屿一样，孤零零地剩在空屉里了。大家埋怨班长，班长胸有成竹地将剩馒头收起来。晚饭的时候，他把馒头端端地摆在最高一屉。河南兵对馒头的热爱是经得住考验的，他们热烈地欢呼，把剩了两顿的馒头狼吞虎咽地吃光了。

记忆的冰川在岁月的侵蚀下，渐渐崩塌消融。保持着最初的晶莹的往事，已经越来越稀少。班长、四川兵、河南兵们的名字，被我在遥远的人生旅途中遗失，也许永远找不到了。但这些与昆仑之吃有关的片断，却像狮泉河底的卵石，圆润可爱，常常带着高原凛冽的寒气，走入我的月夜。

我已经近二十年没有吃到脱水菜了，有时候还真想再吃一回。

信　使

　　我17岁的生日，是在藏北高原过的。那天，正好是军邮车上山的日子，这个生日便像美丽的项圈，久久地悬挂在我胸前。

　　喜马拉雅山、冈底斯山、喀喇昆仑山，像三柄巨大的棱锥，将我所在的部队，托举到了离海平面5000多米的高度。我的生日在10月，这正是平原上麦秸垛金黄而干燥的时光，昆仑山却已万里雪飘。就要封山了，封山是冰雪发出的禁令，我们将与世隔绝到春天。

　　战友们把水果罐头汁倾倒在茶褐色的刷牙缸里，彼此碰得山响，向我祝贺。对于每月只有一筒半罐头的我们来说，这是一场盛大的庆典。

　　但心中总有淡淡的悲愁——我想家。

　　一位白发苍苍的老医生对我说：也许军邮车今天会来的。

　　你骗人！我大叫。有时候猛烈指责别人说谎，其实是太渴望那消息真实。

　　军邮车大约每月从新疆喀什开上昆仑山一次，日子并不准，仿佛一只来去无踪的青鸟。老医生戍边多年，他的话有时像符咒一样灵验。"每年封山前上山的最后一辆车,总是军邮车。山下的人都知道我们的心。"他晃着满头的白发,像一丛银针。

那天夜里,军邮车像破冰船一样,跋涉5天,英勇地到了,整个军营为之沸腾。我们真想欢呼,但军人只有打了胜仗才允许欢呼,我们屏住气盯着一处房舍。房舍门口站着两个威武的士兵,因为曾有一次,迫不及待的边防军人们跑去抢信,从此在军邮车到来的日子,分拣信件的房间便加站双岗。

各单位取信的人站在房外,一取到信就像古代的驿马接到加急文书,拔腿就跑,送给望眼欲穿的人们。

在高原上奔跑,不是一件轻松的事。这活儿一般都分给腰细腿长的年轻人,但白发苍苍的老医生执拗地要做这件事。知情的人私下里说他家中有很老的双亲、很弱的妻子、很小的孩儿,想信比别人更甚。

老医生说,有一年封山的时间格外长。半年后军邮车首次上山,信件一直摞到分拣人的胸前。他们在信海中游走,呼吸都很困难。

老医生抱着一大摞信,我们扑上去抢。那时候干部去干校,知青接受再教育,妻离子散的多,信件也格外多。每个人都像蜘蛛一样,吐出思念思索的长丝,织一张自己的情感信息之网。

霎时老医生手中就空了,接下来是唰唰撕信,信皮的断屑萧萧而下。

我最先看的是父母的信。仿佛有一只温暖而柔软的手,从洁白的笺纸中探出来,抚摸着我额前飘动的乌发,心便不再凄然。

再看同学和朋友的信。我的同桌此刻在遥远的西双版纳,信中夹了一朵花的标本。她说这是景洪最美丽的花,有沁人肺腑的香气。夹花的那页信纸留有大片紫色的痕液，想象得出花盛开时的娇嫩。我低头嗅那被花汁浸泡过的地方，哪有什么香气，有的只是纯正而凛冽的冰雪气息缭绕其中。

我连夜回信。平常日子，营区是柴油发电机供电，每晚只亮两个小时，然后就像木偶人似的眨几下眼睛，熄灭了。军邮车一来，首长便传令延长发电时间，以利于拣信和回信。首长其实也很盼信。

同屋的女兵嘤嘤地哭了起来。她的小侄子病了。我们都放下笔去劝她。然而女孩子常常是这样：越劝越哭得欢畅。

老医生悠长地叹了一口气："告诉离得这么远的一个小姑娘，孩子的病就能好了吗？我家里人是从不这样的。"

不一会儿，女兵停止了哭泣，因为从老医生送来的第二批信中她得知小侄子的病已经好了。

"要有经验，"老医生说，"把信全拆开，码饼干似的排好，从最后面的看起，前面的只能做参考。"

这自然是至理名言。这么办，时间长了，我们也发现了弱点。好比一本回肠荡气的小说，快刀斩乱麻先看了结尾，再回过头去细细咀嚼，便少了许多悬念和曲折。

那一次军邮车上山，老医生没有收到一封信。按照他们家的逻辑，没有信来也许就是出事了。他的忧郁持续了整个冬天。

在这海拔 5000 米的高原营地，每逢有人下山，就会挨门挨户地问："我要走了，要不要带信？"哪怕是平日最猥琐的人，在这件事上也绝对平和而周到，这是高原的风俗。

有时候突然写好一封信，又不知谁能带走，就在吃饭人多时喊："谁能下山，告我一声。"一次，一个素不相识的人对我说：

"我知道你父亲的名字。""你看过我的档案?"我问。"不是。几年前我为你代发过家信。"我已经完全记不得是托什么人又转到他手中的,于是赶忙表示迟到的谢意。

在我17岁生日过去半年的时候,收到了西双版纳同学的回信:"那朵花怎么是紫色的呢?它是雪白的呀!而且,绝不可能没有香气!"

信是老医生送来的。这是开山后的第一次通邮,他也很快乐,他的家里寄来了平安信。有时候他又突然疑惑,说他家会不会有什么事瞒了不肯告诉他。我们都说不会不会,你是家里的顶梁柱,他们离了你,根本就办不了事,怎么会瞒你!他也觉得很有道理,心宽许多。

终于,轮到他探家了。很早就告诉我们:他下山时专门预备一个提包,为大家装信。我便对着昆仑山皑皑的冰雪,咬着笔杆,从从容容地写了大约30封信,每一封都竭尽我的才能。

我双手捧着这摞信,郑重地交给老医生。他的白发在雪峰的映衬下,晃动得像一盆水中的粉丝:"你放心好了!我到了山下第一件事就是为大家发信。假如回信快的话,下次军邮车上来,你们也许就能收到回信了。"

他走了。军邮车像候鸟,飞来一次又一次,但那30封信却一封不见回音。原来他下山乘坐的车翻了,这在高原是很平常的事。熊熊烈火吞噬了他银发苍苍的头颅,那个装满信件的旅行包,顷刻之间化为青烟。

那30封信,只有给父母的那封信,我重写了托人发出。给其他人的,便再也提不起兴致。只要抓起笔,老医生的白发就在眼前灼目地闪动,眼珠便发酸。大团大团的冰雪,在我胸臆中凝结。

后来，在老医生的追悼会上，我才知道他的生辰，远没有我想象的那样老。满头灿然的白发，是昆仑山馈赠他的不能拒绝的礼物。

他死了以后，军邮车还带来过他的家信。我第一次注意了一下地址，是广西一个很偏远的小城。又在地图上仔细寻找，那地方在北回归线以南，属于热带，该是非常炎热的。老医生的家乡，距离昆仑山，大约有一万五千里。

那封迟到的信，边缘已经磨损，好像烙熟又蒸了几遭的馅饼，几处裂口的地方，被薄而坚韧的透明纸粘贴过，上面打着蓝色的印章："邮件已破，军邮代封。"

不知这是否是封报平安的家信？

葵花之最

二十年前的那个春天,我是在昆仑山上度过的。

昆仑山其实只有一个季节——冬天,春节过后那段漫长而寒冷的日子被称之为春天,这是我们这帮小女兵从平原家中带来的习惯。

快到"五一"了,冰封的道路渐渐开通,春节慰问品运到了。五颜六色来自五湖四海的慰问袋最受欢迎。小伙子们希望从绣着花的漂亮布袋里,摸出一双精致的鞋垫,做一个浪漫的梦。姑娘们没有这份心思,只想找点稀罕的吃食,打打牙祭。整整一个冬天,除了脱水菜和军用罐头,没有见过绿色。可惜,关山重重,山路迢迢,花生走了油,瓜子变哈喇,沙枣颠成粉末,面粉烙的小馃子像出土文物……

突然闻到一股奇异的清香。

那是一个绣着黄色"八一"和红色五星的小白口袋。针脚毛茸茸的,绣活手艺不高,想必出自一个笨手笨脚的胖姑娘。

打开一看,是一袋葵花籽。颗颗像小炮弹一样结实,饱满得可爱。我们每人抢了一把,一尝,竟是生的。葵花籽中埋着一封信。

"敬爱的解放军叔叔们……"

信是从广东省湛江市第二小学发出的。

我们趴在地图上找。唔,湛江,好远!那里是亚热带,一个很热的地方。

孩子们请求解放军叔叔们,把他们精心挑选出的葵花子,种在祖国的边防线上。

我们把手中的葵花籽放回布袋。那清香,是阳光、土地和绿色植物的芬芳。

昆仑山咆哮的暴风雪,伴随我们进行讨论。

为什么只写给解放军叔叔?边防线上也有解放军阿姨呀。

在国境线上种葵花,多美妙的想法!每当葵花开放的时候,我们将有一条金色的国境线。

这根本不可能!昆仑山是世界第三极,雪线上连草都不长,还能开葵花?!

我们都默不作声了,只听见屋外风在嘶鸣。

大家决定由我给孩子们回一封信,就说葵花籽是解放军阿姨们收到的。只是这里很冷很冷……

昆仑山的"夏天"到了。

信早已写好,却终于没有发出。我们大着胆子,把葵花籽种在院子里。

人们都说活不了,却天天跑来看,松土施肥。

葵花发芽了。先探出两片嫩黄的叶子,像试探风向的小手掌,肥厚而天真。然后舒展腰肢,前仰后合生机盎然地长大起来。

昆仑山默默地认可了这些来自亚热带的绿色幼苗,就像它认可了我们一样。

然而,我们高兴得太早了。不知道该算是上个冬天最迟,还是下个冬天最早的一股冷风,冻死了绝大部分葵花。

奇迹般地保存下一棵幼苗。它并不是最强壮的,也许因为近旁有一块大石头。受到启发,我们用石头为葵花围起一圈不透风的篱笆。

现在,我们每天趴在石头围墙上看葵花,不知道的人,以为里面养着活蹦乱跳的小生灵。

这棵幸运的葵花,一往情深地看着太阳,勇敢地展开桃形的枝叶。茎上纤巧的绒毛,像蜜蜂翅膀一样,在寒风中抖个不停。也许它感到了昆仑山喜怒无常的威严,急匆匆地压缩自己生命的历程,才长到一尺高,就萌出了纽扣大的花蕾,压得最高处的茎叶微微下垂,好像惭愧自己为什么不长得更高一些。

那一年没有秋天。寒凝一切的风雪,毫无先兆地骤然降临。早上起来,天地一片苍茫,我们几乎是跌跌撞撞扑向葵花。

石围墙也被飓风吹得四散飘去,向日葵却凝然不动地站立在那里,在冰雕玉琢的莹白之中,保持着凄清的翠绿。叶片傲然舒展,像面面玻璃做的旗,发出环佩般的叮当之声。最不可思议的是,在它生命的最后一刻,居然绽开一朵明艳的花。那花盘只有五分硬币那么大,薄而平整,冰雪凝冻其上,像一块光滑的表蒙子,刚分裂出的葵花籽还未成熟,像丝丝柳絮一样优雅地弯曲着沁出极轻淡的紫色。最令人警醒的是花盘四周弹射出密集的黄色花瓣,箭头一般怒放着,像一颗永不泯灭的星。

向日葵身上的冰花越结越厚,最后凝固成一方柱形的冰晶。

广东省湛江市第二小学当年的孩子们,但愿不要看到我这篇小文。愿他们心中永存一条盛开葵花的金色国境线。

假如有一天,我能重回昆仑山。在两座最高的山峰中间,有一块只有我们才知道的地方。在深深的永冻土层之下,有一方冰清玉洁的水晶,水晶中有一朵美丽绝伦的花,宛若雏菊半仰着脸,灿然微笑着……

我不知道它是不是世界上最小的葵花,但我知道它是世界上最高的葵花。

带上灵魂去旅行

人的知识永远是不完备的，他无法知道一个地区或是一个时代是否就是空间和时间的全部。从这个意义上讲，我们每个人都是井底之蛙，所不同的只是栖息的这口井的直径大小而已。每个人也都是可怜的夏虫，不可语冰。于是，我们天生需要旅行。生为夏虫是我们的宿命，但不是我们的过错。在夏虫短暂的生涯中，我们可以和命运做一个商量，尽可能地把这口井掘得口径大一些，把时间和地理的尺度拉得伸展一些。就算最终不可能看到冰，夏虫也力所能及地面对无瑕的水和渐渐刺骨的秋风，想象一下冰的透明清澈与痛彻心肺的寒冻。

旅行，首先是一场体能的马拉松，你需要提前做很多准备。先说说身体方面。依我片面的经验，旅行的要紧物件有三种。

第一，当然是时间。人们常常以为旅行最重要的前提是钱，于是就把攒钱当成旅行的先决条件。其实，没有钱或是只有少量的钱，也可以旅行。关于这一点，只要你耐心搜集，就会找到很多省钱的秘诀。如果把一个人比作一辆车，驱动我们前行的汽油，并不是金钱，而是时间。这个道理极其简单，你的时间消耗完了,你任何事都干不成了,还奢谈什么呢?或者说,那时的旅行只有一个方向,就是地心了。

第二桩物件,是放下忧愁。忧愁是旅行的致命杀手,人无远虑,乃可出行。忧愁是有分量的,一两忧愁可以化作万只秤砣,绊得你跌跌撞撞鼻青脸肿。最常见的忧愁来自这样的思维:把这笔旅游的钱省下来可以买多少斤米多少斤菜,过多长时间丰衣足食的家常日子。将满足口腹之欲的时间当作计量单位,是曾经有用现在却不必坚守的习惯。很多中国人一遇到新奇又需要破费的事,马上把它折算成米面开销,用粮食做万变不离其宗的度量衡。积谷防饥本是美德,可什么事都提到危及生命安全的高度来考虑,活着就成了负担。谁若一意孤行去旅行,就咒你将来基本的生存都要打折,食不果腹、衣不蔽体、流落街头……别怪我说得凄惶,如果你打算做一次比较破费的旅行,你一定会听到这一类的谆谆告诫。迅疾地把诸事折合成大米的计算公式,来自温饱没有满足的农耕时代遗留下来的精神创伤。如果你一定要把所有的钱都攒起来用于防患于未然,这是你的自由,别人无法干涉。可你要明白,身体的生理机能满足之后,就不必一味地再纠结于脏腑。总是由着身体自言自语地说那些饥饱的事,你就灭掉了自己去看世界的可能性,一辈子只能在肚子画出的半径中度过。这样的人生,在温饱还没有解决的往昔,是不得已而为之,甚至可能成为能优先活下来的王牌。在今天,就有时过境迁、过于迂腐之感了。

第三桩,是活在身体的此时此刻。此话怎讲?当下身体不错,就可以出发,抬腿走就是,不必终日琢磨以后心力衰竭的呕血和罹患癌症的剧痛。我琢磨着自己还有能力挣出些许以后治病的费用，我相信国家的社会保障机制会越来越好。我捏捏自己的胳膊腿，觉得它们尚能禁得住摔打，目前爬高上低、风餐露宿不在话下。若我以后真是得了多少万人民币也医不好的重症，从容赴死就是了，临死前想想自己身手矫健耳聪目明时，也曾有过一番随心所欲的游历，奄奄一息时的情绪，也许是自豪。

我是渐渐老迈的汽车，油料所剩已然不多。我要精打细算，小心翼翼地驱动它赶路。生命本是宇宙中的一瓣微薄的睡莲，终有偃旗息鼓闭合的那一天。在这之前，我一定要抓紧时间，去看看这四野无序的大地，去会一会英辈们留下的伟绩和废墟。

终于决定迈开脚步了。很多人有个习惯，出远门之前，先拿出纸笔，把自己要带的东西都一一列出。旅游秘籍中，传授这种清单的俯拾皆是。到寒带，你要带上皮手套、雪地靴；到热带，你要带上防晒霜、太阳镜、驱蚊油。就算是不寒不热的福地，你也要带上手电筒、黄连素，加上使领馆的电话号码……

所有这些，都十分必要。可有一样东西，无论你到哪里，都不可须臾离开，那就是——你可记得带上自己的灵魂？

据说古老的印第安人有个习惯，当他们的身体移动得太快的时候，会停下脚步，安营扎寨，耐心等待自己的灵魂前来追赶。有人说是三天一停，有人说是七天一停，总之，人不能一味地走下去，要驻扎在行程的空隙中，和灵魂会合。灵魂似乎是个身负重担或是手脚不利落的弱者，慢吞吞地经常掉队。你走得快了，它就跟不上趟儿。我觉得此说法最有意义的部分，是证明在旅行中，我们的身体和灵魂是不同步的，是分离分裂的。而一次绝佳的旅行，自然是身体和灵魂高度协调一致，生死相依。

好的旅行应该如同呼吸一样自然，旅行的本质是学习，而学习是人类的本能。身为医生，我知道人一生必得不断地学习。我不当医生了，这个习惯却如同得过天花，在心中留下斑驳的痕迹。旅行让我知道在我之前活过的那些人，他们可曾想到过什么、做过什么。旅行也让我知道，在我没有降生的那些岁月，大自然盛大的恩典和严酷的惩罚。旅行中我知道了人不可以骄傲，天地何其寂寥，峰峦何其高耸，海洋何其阔大。旅行中我也知晓了死亡原不必悲伤，因为你其实并没有消失，只不过以另外的方式循环往复。

凡此种种，都不是单纯的身体移动就能解决问题的，只能留给旅行中的灵魂来做完功课。出发时，悄声提醒，背囊里务必记得安放下你的灵魂。它轻到没有一丝重量，也不占一寸地方，但重要性远胜过 GPS。饥饿时是你的面包，危机时助你涉险过关。你欢歌笑语时，它也无声扮出欢颜。你捶胸顿足时，它也滴泪悲愤……灵魂就算不能像烛火一样照耀着我们的行程，起码也要同甘共苦地跟在后面，不离不弃，不能干三天停一天地磨洋工。否则，我们就是一具飘飘荡荡的躯壳在蹒跚，敲一敲，发出空洞的回音，仿佛千年前枯萎的胡杨。

旅行使我们谦虚

由于工作的关系，常常旅行。旅行比居家的时候辛苦，这是不消说的。中国有句古话——在家千日好，出门一时难，说的就是这份不易。但时间长了，待在家里，筋骨锈了，就会生出一份隐隐的焦灼，迫不及待地想到外面走走去。

是什么诱惑着我们放弃安宁和舒适，离开温暖的家，在某一个清晨或是深夜，毅然到遥远的他乡去了呢？

当然，很多时候，是为了谋生，为了无法推卸的责任和理由。但是，随着温饱的解决，我们越来越多自觉自愿地选择了——人在旅途。

一次，我应邀到国外访问。在规定的活动完结之后，主人很热情地让我挑选一个完全自由的项目，以便我可以更深入地了解这个国家。我想了想，提笔写下了："乘坐火车或是长途汽车，在大地上旅行。"主人看了看那张纸说："好，我们很乐意满足您的要求。只是，您的目的地是哪里呢？您究竟要到哪里去呢？"

我说："没有目的地，不到哪里去。坐着车在大地上行走，就是目的，就是一切了。"

我固执地认为，要真正认识一个国家、一个民族、一块土地、一处山水，你必得独自漫游。

旅行使我们谦虚。飞驰的速度，变换的风景，奇异的遭遇，萍逢的客人……这一切旅途中可能发生的事件，强烈地超出了我们已知的范畴，以一种陌生和挑战的姿态，敦促我们警醒，唤起我们的好奇。在我们被琐碎磨损的生命里，张扬起绿色的旗帜；在我们被刻板疲惫的生活中，注入新鲜的活力。

久久的蜗居，易使我们的视野狭小、胸怀逼仄、肌力减弱、肺廓扁平……这个时候，收拾好行囊，辞别了亲人，踏上旅途吧！

珍惜旅途吧！火车上那些不眠的夜晚，凭窗而立，看铁轨旁一盏盏路灯，闪着紫蓝色的光芒，倏忽而逝，许多记忆幽灵般地复活了。

人们常常在旅途中，猛地想起湮灭许久的往事，忆起许多故人的音容笑貌。旅行好像是一种溶剂，溶化了尘封的盖子，如烟的温情就升腾出来了。

人们常常在旅途中，向相识才几小时的旅伴倾诉衷肠，彼此那样深刻地走入了对方的精神架构。我甚至知道几位青年，竟这样找到了自己的终身伴侣。

有人把这些解释为——旅途使人们亲近，是因为没有利害关系。我不同意这个观点。正是因为同乘一列车、同渡一条船，才使我们如此亲密。旅行使人性中温暖的那些因子弥散开来。

旅途也有困厄和风雨、艰难和险恶。但是，这不会阻止真正的旅行者的脚步。旅行正是以一种充满未知的魅力，激起人们不倦的向往。

总有风景打动你

拜伦有一首诗,开头写得很气派:

"我的海盗的梦,我的烧杀劫掠的使命在暗蓝色的海上,海水在欢快地泼溅,我们的心如此自由,思绪辽远无边……"

一些爱好旅游的人,常引了这段诗文的后四句,以抒发自己对大海的观感。其实拜伦这首诗的名字叫"海盗生涯",借海盗之口来抒发自己狂荡不羁的志向。就算是最钟爱此诗的旅人,恐怕也无法赞同"我的烧杀劫掠的使命"一句,因为这实在同旅游毫不相干。

也许从广义上说,海盗也是一种旅行。

每个人的心底,都潜藏着一个到远方的梦。熟悉的地方已经没有了惊喜,人心思动,渴望浪迹天涯。

如果是上文所述的金戈铁马血战屠城到远方,那是侵略和占领。以前用暴力可横扫天下,现代文明社会,这种方式已被禁绝。

如果是衣衫褴褛地到远方去,那就是乞讨和流浪。这事儿要具体问题具体分析，有走投无路不得不如此的，有心甘情愿甚至乐在其中的。不管怎么说，这方式对人的意志和耐受力要求都比较高，不是一般人下得了决心的。

如果是道貌岸然地用贪腐和贿赂的钱，到远方去赌博和挥霍，是令人愤慨的事儿，归反贪局和司法部门管辖，咱们先不在这儿讨论。

如果用了纳税人的钱，到国外去考察访问，顺便也浏览参观，这笔钱算是三公开支。很多人义愤填膺，我能理解。不过我作为也纳了些许税款的平头百姓，却愿意把这钱让官员们花销了去长见识拓眼界。记得有一年和某偏远山区的官员聊天，他说刚从欧洲回来，一脸压抑不住的自得。

我说，公款旅游？

他说，也算是吧。有个名头，说是和国外某个机构交流，用了半天时间，我们是官方的，他们是非政府组织，也没啥好说的，彼此笑和客套。完后就是玩儿了。有一些人大买东西，都带着纸条，家里人和七大姑八大姨交代的，一一照办。我没有这种任务，就带双眼睛东张西望。回来后，我决定的第一件事儿，就是在县城里修上好的茅厕。到了人家外国，才知道茅厕这种地方，也是可以没有味道的。拉屎撒尿这种事情，也能体面地完成。还有一个呢，就是发觉城里的老街不能拆了。人家外国当宝贝似的保存着的联合国遗产什么的，就是这种东西。不走出去，不知道它是宝。要是在我这一任为官期间给拆了，就成了罪人。

我说，太好了。

贫困县的官员说，要是没有公款旅游，我不是一个贪官，就没有那么多的钱自己出去转悠。就算有了那么多钱，我老婆也不让我花,她要买金子。可不出去转,我就没有觉悟要善待老房子。就算茅厕的事儿不在乎这一天半天的,可从长计议,但老街肯定是保不住,不定哪个早上,就变破砖烂瓦了。

我历来坚信,旅游的妙处之一——这世界上总有一处风景会打动你。但我没料到打动了这位年轻官员的是——最脏和最老的地方。

如果是用汗水换来的金钱,和"到远方去看看"的渴望,做一个以物易物的交换,有权势的人自然有所不屑,但却是我这种有一点小钱但没有其他讨巧机缘的人,所能采取的最大可行之道。

喜爱文化历史的人,心境平安欢愉的人,感情自由丰沛的人,多半愿意出外旅行,尝试着生命在陌生之地驰骋的感觉。如果一个人身体健康,又有一点闲钱,有了空闲而不想到这个世界上去看一看,若不是守财奴,就是闭锁而无聊的人。

旅行最美妙的感觉,是在它不断轻声提醒我们——你所知甚少,而这个星球如此美好。

世界上的所有人和事儿,给予我们的影响,大体可分为两种。一种是让你的世界变得越来越小。比如那些披露隐私的小情小趣,杯水兴波的小打小闹,死无对证的谣言和气味相投的小圈子。还有逼仄的环境和拥挤的人群……在其中浸泡久了,人也变得松垮灰暗,好像穿了很久的袜子,既无形状也无好气味。

还有一种是让你的世界变得更加广袤,让你开阔视野、通晓古今。让你知道有那么多奇花异草和珍禽猛兽,在你一己的生活方式之外,还有无数种形态绵延不绝地繁衍着,一切皆有可能。高山大川江河湖海,让你从此不惧生死襟怀豁达。让你爱好和平痛恨战争,让你与万物和谐相处与宇宙相通。

好的旅行,就藏在这第二种情形中,值得竭力寻找。

送你一颗光芒之海

到伊朗旅行。还没出发,同行女友就说咱们一定要挑个好日子。我纳闷,说你是要避开什么特定的时辰吗?朋友说,伊朗有个珍宝博物馆,是一定要看的。它每星期只开放两天,每次只有很短的几个小时。如果我们碰到它闭馆,就太遗憾了。

于是我们的出发和返程,都是按照伊朗珠宝博物馆的时间而设定。这样哪怕是出了意外情况,也有双保险。女人都喜爱珠宝,纵是无法拥有,看一看也是好的呀!

博物馆在德黑兰市的菲尔杜西街,因为在闹市区了,门口不可以停车,我们从很远的地方下了车,步行过去。翻译是位资深的伊朗学者,对波斯历史颇有研究。他开玩笑地说,一会儿各位出来的时候,眼睛也许会闪耀黄金和钻石的光芒。

珍宝馆在伊朗中央银行地下室,或者更确切地说它就是金库,里面储藏着波斯帝国历代的王座、王冠、宝剑、珠宝、首饰等宫廷用品。翻译说,这些价值连城的宝贝,本来是属于国王他们家的,1938年,当时在位的礼萨·汗国王,把王室的藏品交给了伊朗国家银行,作为发行纸币的担保。1960年底,这个馆开始对公众开放。

珍宝馆先声夺人，不同凡响。我说的不是它的藏品，这时候我们还没来得及进馆呢，我说的是它的森严。在通往珍宝馆的路上，我们连续接受了三道安检。且不说书包、照相机等不能带进去，就连手机也要掏出来交付安全人员托管，真正做到身无长物，裸着进馆了。

悠长的台阶，走得人心惊肉跳。一步步走向地心，灯光幽暗，有一种洞穴探宝的感觉。珍宝馆内昏晦如夜，刚进去一时间你判断不出它的面积，好像无边广阔，也好像只有几间屋子大小。在黯淡的底色当中，一处处闪亮的岛屿，就是防弹玻璃构成的陈列柜，就是那些惊世骇俗的珠宝栖息之地。首先映入眼帘的是巴列维国王的王冠，翻译告诉我们其上镶有3380颗钻石，共重2000余克拉。

翻译悄声向我们普及钻石的知识。由于钻石的珍贵和细小，重量就不能大刀阔斧地计量，改用了谨小慎微的"克拉"。这个标准是古希腊人最先制定的，他们所用的砝码，是生长在爱琴海岸边的角豆树种子。这种种子很小很轻，每颗的重量都基本相同。1克拉是200毫克，也就是0.2克。5克拉相当于一克。

我在以色列耶路撒冷城见过这种植物，类乎皂角树。它的种子被称为克拉豆，比绿豆稍大一点点，但没有绿豆那样丰满，呈扁平的椭圆形，浅淡的咖啡色，摸起来有轻的油腻润滑感。摆在手心上几颗细细比较，果然难兄难弟的，万分相似。世界上已经发现的最大钻石，名叫"库利南"，重达3106克拉，有莽汉的拳头那么大，我国的"常林钻石"，重158克拉，似青皮小桃那么大。

重量在一克拉以下的钻石，只能用更微小的计量单位，叫作"分"。一克拉等于100分，也就是两毫克。常见某个女子被富豪家迎娶，大秀特秀她的钻戒，重量是几克拉，引得人们尖叫。

伊朗国王王冠上2000多克拉钻石，共计400多克，快合咱们的1市斤了。国王头戴这么重的王冠，是不是容易得颈椎病呢？我们在这厢刚被钻石闪得目光迷离，转过身去再被巨大的刻花金板晃得头晕眼花。金板足足有20千克重，其上还嵌有用钻石镶嵌的文字，说这是犹太教民在礼萨·汗国王加冕时的进献。旋即被惊得浑身抖擞。一个37千克重的纯金地球仪，劈面而来。这个黄金球上覆盖着密密麻麻的宝石，有五万多颗，总重量高达1.82万克拉。

它是先用纯金铸了个模拟地球的大球，再用宝石显示地球上的海洋和各国的具体位置。海洋用的是绿色宝石，估计是祖母绿，我私下里觉得海洋区域应该用蓝宝石，工匠之所以不这样安排的原因，我绝不敢推论是因为蓝宝石数量不够多，而用绿宝石替代。最大的可能是祖母绿比蓝宝石更为豪华奢靡。或者是因为从波斯湾看到的海水多呈绿色，故如此设计。

这架地球仪，起因是1848年纳赛尔·丁国王继位后，觉得王室无数零散宝石不便于保存，遂生出一个主意，让工匠们制造珠宝地球仪。这一工程费时多年，至1869年完工。世界各国的位置，用红宝石表示，伊朗、法国、英国和东南亚用钻石来表示。我仔细看了看中国的位置，似乎是以碎钻标出来的（隔着防弹玻璃，不知道判断准否？说错了，请恕。我不是珠宝专家）。不知道这种区别，是表示和这些国家比较亲善，还是率性为之。苛刻要求，该地球仪上中国大陆的海岸线标得不够细致，略显陡直。

另外一个吸引眼球的珠宝，是象征着伊朗王权、镶满珠宝的"孔雀宝座"。它是一把孔雀开屏形状的金交椅，和咱们的皇帝宝座——比如康熙御制五屏式黄地填漆云龙纹宝座，有的一拼。孔雀宝座上，也是镶满了钻石，据说有两万多颗。

目瞪口呆之时，翻译说，所有熠熠生辉的宝贝，在镇馆之宝"光芒之海"面前，还是相形见绌了。来，请跟我走。

"光芒之海"落落寡合地独立陈放在地中央，可能是为了人们可以从四面八方围观它的风采。它的颜色是极清淡的浅粉。打个比方吧，好像满天飘洒坠落的樱花。被取来了一瓣，轻轻地放在白丝帕中，拧出了一小滴汁。然后将这极微小的一粒粉汁，放入一大盆矿泉水中，然后放到北极，经过周天寒彻的冷冻。成为一块无瑕的冰。小心翼翼地敲下一块儿，就成了钻石。它清冷寒澈。极浅淡的樱红色，散射着柔和无比的光芒，好像一朵花在害羞地沉思。

"光芒之海"的重量是 182 克拉。它的具体尺寸是：长 1.5 英寸，宽 1 英寸，厚 0.375 英寸（1 英寸等于 2.54 厘米）。整个钻石呈现出令人心痛的美丽。它是世界上最大的业已琢磨的钻石之一，还有一块与之比肩的钻石，名叫"光明之山"，史称"科依诺尔"。"光明之山"也是稀有的艳钻，呈淡蓝灰色。重量比"光芒之海"少一些，为 105.6 克拉。因为发现的时间比"光芒之海"早，咱就称它为哥哥吧。

这两颗赫赫有名的兄妹艳钻，原来同属于印度的莫卧儿王朝，如今天各一方。哥哥"光明之山"几经转手，现为英国王室所有。2002 年 4 月 9 日，在伦敦威斯敏斯特教堂举行的王太后葬礼上,"光明之山"被放置在王太后的棺木上,举世目睹了这一宝物。妹妹孤寂地留在伊朗的金库里,供万人瞻仰。

待我们翻过来掉过去瞧了个够,翻译微笑着问,你们可知道钻石究竟是什么东西?大家说,知道。就是金刚石嘛!

翻译说,把金刚石和钻石混为一谈,这种说法不准确,钻石是金刚石精加工而成的产品,它们之间的关系,如同麦子和馒头。麦穗要经过多少寒暑和碾磨,还有蒸煮,才能成为食品?钻石是金刚石变化而成的,这条道路十分艰难。先说金刚石,它之所以宝贵,是因为在世界天然矿物中,它是最坚硬的晶体。测定矿物硬度最常用的标准,是德国科学家莫氏(Friedrich Mohs)定的,共分10级。金刚石就矗立在冠军的宝座上,它的硬度是10。咱们常见的铁,硬度只有4。纯铜就更软了,只有3。

因为无与伦比的坚硬,很多人想当然地以为钻石一定成分很复杂,其实它是最简单的宝石,只由碳元素这独一味组成。说起这碳元素的底子,实在是平常之物。比如能燃烧的煤块、书写时乌黑易断的铅笔芯,还有入口即化的白砂糖,其主要成分,都是碳原子啊。

大家笑起来说,知道,钻石和咱平日吃的大米饭,是未出五服的近亲。

翻译说,人们常常以为复杂才有力量,神秘才不平凡。却不料身为宝石之王的钻石,单一到了不可思议。那么,为什么煤炭和馒头,并没有成就伟业?是什么使普通的碳元素,变成了光艳闪烁的珠宝呢?翻译接着强调,所有的秘密在于原子之间的连接。每一粒金刚石,都是碳原子忍受过极高的温度和极大的压力之后才形成的。如果压力不够高或是温度不够高,或者虽然有过高压高温，但时间不够长，碳的结晶连接便杂乱无章，只能形成黑油油的石墨。告诉你们一个检验真假钻石简便易行的方法。先找来一支石墨芯的铅笔，再把钻石用水湿润，然后用铅笔轻轻地刻画一道。如果是真钻石，晶面上不留任何痕迹。如果是玻璃、水晶等物件，就会在表面上留下黑痕。

我们听后大不解，问这钻石也有灵性吗？认出和石墨本是同根生的兄弟，所以一见面就亲热地不分彼此吗？

翻译说，它们的化学成分是一样的，只是排列得不同。就像一滴水落进了大海，水和水就大团圆了，你分得出这一滴水和那一滴水的界限吗？虽然在理论上说，只要有了一定的压力和温度，钻石可形成于地球的各个历史阶段，但目前开采出来的钻石，历史都极其古老。几乎全部形成于距今33亿年前或是12亿—17亿年这两个时期。来自南非的钻石辈分就更大了，大约在45亿年前。那时地球刚刚诞生不久，钻石便已开始在地球深部结晶。

古老而单纯的金刚石一经形成，在自然界就没有任何力量能让它们磨损和消失。像"光芒之海"这种极其稀少的带色艳钻，身世更为不凡。它们主要是由火山爆发才显露人间。地球深处的岩石由于火山活动，被带到地表或地球浅部，经过风吹雨打而风化、破碎，在水流冲刷下，破碎的原岩连同钻石被带到河床，甚至海岸地带沉积下来，在某一天被某人幸运地发现，从此崭露头角。

好的钻石，同时具备美丽、耐久和稀少这三大要素，集人世间最高的硬度，极强的折射率和色散度于一体，于是理所当然地成了宝石的王者。而一颗美轮美奂的钻石，除了大自然的恩宠之外，还有无数人的汗水掺杂其中。从它的开采、分选、加工、分级、销售，到最后卖到购买者手中，涉及两百多万人的劳作。

如此说来，一枚钻戒的晶莹中，每一道折射的光线，都凝聚了数不清的心血。钻石是天地和人间的合谋，才升华得如此美艳。沧海桑田千变万化中，唯有钻石坚定地保持原始而单纯的透明，雄视天下。面对如此的繁复和悠久，你不由得对钻石蕴藉的时间和品质肃然起敬。

走出珍宝馆，在明亮的阳光下，我们有一刻悄然无声。翻译最先打破了沉默，说，请大家互相对视一眼，看看彼此眼珠上是不是还有宝石的光斑存在？明知他是开玩笑，我们还是不由自主地互相瞄了起来，然后才算微笑着回到了人间。翻译说，我领着很多人参观过珠宝博物馆，出来之后大家都会沉默。这挺有意思，我一直没想出来这是为什么。也许是因为看完之后和没看之前，对财富的认识起了变化。

我说，你认为这是什么变化呢？翻译说，会觉得这些旷世珠宝，不应该属于任何人，只能是属于整个人类。它们曾是大自然的杰作，不应该被任何人据为己有。国王不行，其他人也不行。我频频点头，问他也问大家，那么，在所有的珠宝中，你最喜欢哪一枚？或者说是哪一珠宝组团呢？

面对汪洋大海般的珠宝库，我一时词穷，不知道如何称呼，自创了"珠宝组团"这词。大家纷纷作答。有人说是珠宝地球仪，让人从感官上就觉出地球珍贵乃无价之宝。有人说是孔雀开屏形状的国王座椅，威严中透出奢靡，不可一世。有人说是那堆积如山的零散宝石和珍珠，因为它们还未曾雕琢，或许能制造成最瑰丽的成品，最美的可能性蕴含其中。

翻译说，我最喜欢"光芒之海"。现在，作为纪念，我送大家每人一颗"光芒之海"。我们大笑，说别逗乐了，你送不起的。"光芒之海"价值连城，或者说根本就是无价之宝。这颗钻石曾引发波斯王国和印度的血雨腥风，岂是你可以拱手相送的？再说啦，送每人一颗，你好大的口气！好像这"光芒之海"可以批发似的，谁不知道，"光芒之海"是倾城倾国的孤品啊！

翻译收敛起笑容说，每次参观后，我都会对大家说，送你一颗"光芒之海"。不错，粉红艳钻"光芒之海"，这世上只有一颗，我们没法子也不应该将它攫为己有。不过，每个人都可以藏有一颗心灵的"光芒之海"。你可以像它那样高贵而尊严，天下独霸，唯此为大。没有人能够重复你，你拥有无与伦比的价值。你可以始终如一地像它那样清澈如水，无论深陷怎样的泥沼，抹上多少血腥，依然洁身自好，单纯如一，不计人间宠辱。还要说说它的颜色，如最浅的碧桃花落入流动的溪水中，疏淡静雅，内敛安宁。真正的爱，正是以这种颜色这种状态为最佳。不浓烈，但持久。不汹涌澎湃，但永不停息地流动。

它简单到只用一个"爱"字就可以全然概括，如钻石的组成成分唯碳一味那般单纯。心灵的连接应该做到如此紧密，就像钻石无坚不摧，永不弯曲。最后一条，我喜欢它的名字——"光芒之海"……想想看，数不清的金色的线条汇聚成海，那是多大的能量和多么持之以恒的温暖啊！

在德黑兰熙熙攘攘的大街上，我们不由自主地把手掌微微地拳了起来。每个人的手心，都握住了一颗"光芒之海"。

玛瑙人

中国人对宝石,有一种与生俱来的向往与神秘。我们的正史、野史、诗词、传说,像一块巨大的黑丝绒,其上缀着无数星光闪烁的宝石:和氏璧、隋炀珠、杜十娘的百宝箱、水晶宫的白玉床……最珍奇的是那块来无踪去无影的通灵宝玉——假如没有它,中国文学史上最伟大的著作,将无处落笔。

俗话说,"玉不琢不成器。"这话说得太滥,我们已习惯于径直去理解它的引申义,反倒忽略了它本身所描述的过程。琢玉是很残酷的——在一块成功的饰物之后,壅着一堆碎屑。在许多年代里,它们只是彩色的垃圾。

三月的桂林,烟雨如画。在参观了广西宝石研究所璀璨的宝石之后,主人热情相邀:"再去看看我们的宝石画吧!"

知道漆画、铁画、羽毛画、麦秸画,不知道天下还有宝石画!

很小的一间房屋,普通的两张台案。见不到什么绘画器具,只有几十只素白的碗碟摆在桌上,盛得鼓尖,好像好客的乡下人摆下的丰盛宴席。

碟子里的菜可不能吃哟！每只碗里，盛一种宝石的碎屑：翡翠、密玉、红蓝宝石、紫晶、碧玺、蔷薇石……粗粝得如同火柴头大小，细腻的就是彩色的富强粉了。

因了那份毫不混淆的纯粹，因了那份无可挑剔的晶莹，宝玉石的粉末成了一种绵里藏针的绮丽之物。

凝固的鸽血一般的红，南极洲冰下海水一般的蓝，大漠一般焦灼的黄，原始森林初生幼叶的绿，若有若无的轻粉，袅袅婷婷的弱紫……目光在五颜六色中沐浴，我疑心自己的眸子要被染成彩虹。

所有的语言都显出一种笨拙，所有的比喻都像窄小的床单，覆盖不了宝石给我们的感觉。词汇被宝石吓住了。我们已习惯说雨后的天空蓝得像一块宝石，待我们看到真正的蓝宝石时，再湛蓝的晴空也无法达到那种晶莹。在真正的宝石面前，只能悄然不语。凭借心中久久的惊讶，记住它的神秘。

几乎是世界上最小的加工厂了。只有两名艺人，都是年轻的女子，在默默地作画，仿佛怕惊动玉石的精灵。

宝石画其实是以宝石粉末颗粒为笔锋，以石为墨，将天然色泽和花纹各异的宝玉石碎屑，粘贴镶嵌在麻布或磁盘上，形成一幅幅独特而诡谲的画面。

最初的构图是用透明的胶水勾勒而出的。一位艺人拿着牙膏似的胶管在画布上蜿蜒，有轻微的醇味在空气中游蛇似的窜动。胶似干未干之时，她纤巧的手指捻一撮极渺细的蓝宝石粉末，像抚摸婴儿面颊似的在布的上空一抹，一条波光粼粼的漓江，便晃动起来。

另一位艺人在点染黛玉。腮上涂了胶，像是终日洗面的泪痕。芙蓉石粉撒上去，这娇美聪慧的女儿，便有了永不消退的红颜。

椰子树婆娑摇曳的叶片,是用翡翠镶嵌而成,春夏秋冬长绿;史湘云的石榴裙,是用真正的石榴石拼接连缀,日晒水洗不旧不残。

画出漓江的女艺人,像烹调大师一样忙碌着。从碗碟中拈出原料。灰蓝色的贵翠铺出一片宁静的土地,阿富汗的青金石叠出桂林的骄傲象鼻山……最后用棕黄色的虎睛石,粘出一叶小舟……

"您说这象鼻山上是不是还该有点什么?"女艺人问。她并不回头看我,只是看画,一忽儿凑下身去端详,一忽儿又端起画布,像火车铁轨似的伸直双臂,脖子尽量往后仰,拉开距离打量……

"空荡荡的山,终是有点冷清……"我思忖着说。

她点点头,捏起一把女人修眉毛的小镊子,像挑食的孩子,在碟子里急促翻拣起来。好容易挑中一粒宝石,往画布上一比量,啪地丢回碗中,发出清脆声响,仿佛两粒子弹相撞。

终于,女艺人夹起一颗粟米大的黑玛瑙,把它精细地粘结在象鼻山的山洞里,又挑选了一粒更小巧的红宝石,挤在一旁。

噢,好一对亲热的情侣!这一帧宝石画,因了这一双依偎的彩粒,漾起了浓浓的春意。

女艺人们作画是没有底稿的,全凭目光在宝石堆里搜寻,看到个什么,想到个什么,就画出个什么。由于天然宝石原料的可遇而不可求性,每一幅创作都是孤本。

"你们总共画了多少幅?"

"上千幅了。"她俩说。

"那怎么周围一幅成品都不见?"我巡视一圈,除了一只远红外取暖器,别无长物。

"都叫人买走了啊！粘好一幅，拿走一幅，有时站在一边催，催得你心慌慌……有一次，我俩一起画了幅大型花卉，好富丽呀！因为太贵，暂且没人买，我俩好喜欢，天天看，都不敢相信是自己粘起来的……可惜呀，还没喜欢够，只看了七天，就被外国人买走了……该买个照相机把它照下来……"两人抢着说。

她们俩的美术都是自学的，然天分极高，作品销往港台一带，很受欢迎。我同她们聊着天，很融洽。

"我的一个纸包，你看到没有？"画黛玉的女子对画漓江的女子说。

"没有啊！别着急，我帮你慢慢找。"

两个女子便在碗碗碟碟中翻拣，似乎把我忘了。

"我那日在玛瑙碗里，发现一块黑色的，像极了一个女人的胸。我就把它留出来。过了些日子，又看到一块羽毛条纹的白玛瑙，像一条裙子，就是跳芭蕾舞短而泡起的那种……后来又寻到了淡红玛瑙的胳膊和腿……我把它们都藏在一个纸包包里，很小心地收起，怎么会没有了呢？"画黛玉的女子把白碟子敲得仿佛要碎掉。

粘漓江的女子不作声，细细寻觅，轻声说："找到啦！你怎么就不看看眼底下！"

"我们画个玛瑙人送给你！"两人说。

我深深感谢这份温馨的情意。只是定睛看去，心中又暗暗失望：这哪里是美丽的玛瑙人啊？只是一堆零碎的半透明小石片！

这就像是哪吒的莲花身，看看每一截都不像，合起来就稳是那个人了。画黛玉的女子在一张白纸上随笔勾了个图，果然是翩翩欲飞的舞蹈形象。

"我给你胶，你回去照这个样子一粘就画出来了。"她说。

"我可是个笨手笨脚的人……"我没把握地说,心中半信半疑,"这把碎屑真能变成那般婀娜吗?"

"我帮你粘起来吧。"画漓江的女子说。

她找来一块白布,敷在一块纸板上,一个简单的画框便出来了。她灵巧地抹着胶。把碎玛瑙按在上面……仿佛她的指尖有魔力,那个舞女轻盈地飘落在画布上:起伏的胸,雪白的裙,挺拔的腿、高扬的头……尤其是她的双臂,像展开的翅膀,仿佛在向苍天祈求着某种祝福……

"好吗?"她俩歪着头问我。

"好。极好。"我由衷地说。惊讶这两个山野中的姑娘对于石头的想象力。

"好像……单薄了些……她张着两只手,像在求什么……求什么呢……什么……"画黛玉的女子自言自语。

她俩便一齐静默了,你望着我,我望着你,彼此的瞳孔里却都没有对方的影像,一片空茫。

我不敢插言,怕打破了她们的想象。

"让她祈求月亮吧。"画漓江的女子怯怯地说,好像怕惊飞一只鸟。

"好!就找一颗紫月亮!"画黛玉的女子叫着。把盛满紫牙乌宝石的碟子搅得翻江倒海。

"紫月亮?"我轻轻地讶异!

"对!紫月亮!在最晴朗的夜晚,你久久地盯着月亮看,直到眼珠酸了都不要眨,就会看到月亮透出紫色……"画漓江的女子说。

她俩配合得真默契。我想,是宝石给了她们相通的灵犀。

"那么是初月、残月,还是满月呢!"画黛玉的女子问。

"满月！是满月！"我们三个几乎一块儿喊出。无论从画面的构图重心，还是从玛瑙人企盼的虔诚，那里都只能悬挂一轮满月。

我们像秋风扫落叶一般寻觅每一个角落，把宝石的盆盆碗碗翻得一片狼藉。我们终于找到了两个备选月亮，一个是滴溜溜圆的紫牙乌，规整的形状仿佛用圆规画过，圆得不可思议；一个是锆石的，好像浸在水中，略椭了一些，然而极其晶莹透亮。

紫色的月亮啊，哪一轮更圆？哪一轮更亮？

她俩费了斟酌，反复商量，几乎吵了起来，又征求我的看法。我说了，她们却又不听。

最后，终于照画黛玉的女子的意见办了：在玛瑙人的上方，粘了一轮皓月——真正的锆石所剪裁的月亮。

"月亮可以不圆，但月亮必须要亮。"她说。

"谢谢你们！"我发自肺腑地说，"回到北京以后，我一定把玛瑙人挂在桌前。祝你们画出更多更好的宝石画。"

"我们一定要画得更好，只是，不可能画得更多。"她们说着，打开远红外取暖器，烤自己颀长而冰冷的手指。桂林的三月，阴雨连绵，空气中有一种潜移默化的寒意。

"为什么呢？"我不解。

"因为宝石是很稀少的。选料要很严格，颜色、质地、花纹都是天然的，要把它们搭配在一起，显出一种美，是马虎不得的……"她俩对我说。

手指烤热了，她们又在冰冷的宝石粉屑中翻拣……

此刻，玛瑙人正立在我的案头，仿佛在向皎洁的月亮祈求什么……每当我写作困顿的时候，慵懒的时候，敷衍的时候，畏葸的时候，我就想起两个创造它的普通的女工。

我便振作起来，不敢懈怠。

冻顶百合

世界上有没有冻顶百合这种花呢？在我写这篇文章之前是没有的，虽然它很容易逗起一种关于晶莹香花的联想，其实是一个拼凑起来的蹩脚词语。

那一年到台湾访问，因为没有直航，在香港转机一路颠沛。清晨出发，抵达台湾土地时，已是深夜。待办完了手续真正踩到街面，为第二天黎明前最黑暗的时刻。

那是我第一次见到活生生的青天白日旗，低垂在挂着"市党部"招牌的房檐下。一时很有些恍惚，感觉自己闯入了讲述过去年代某个地下工作者宁死不屈的电影场景里。

这种不真实感，被时间一丝丝消弭在同宗同族同文化的血缘归属中。台湾作家为我们安排了丰富多彩的观光旅游项目，其中当然少不了阿里山、日月潭这些经典的风光所在。

记得那天去台湾岛内第一高峰的玉山。随着公路盘旋，山势渐渐增高。随行的一位当地女作家不断向我介绍沿路风景，时不时插入"玉山可真美啊"的感叹。

玉山诚然美，我却无法附和。对于山，实在是"曾经沧海难为水"啊!十几岁时,当我还未曾见过中国五岳当中的任何一岳,爬过的山峰只限于北京近郊500米高的香山时,就在猝不及防中,被甩到了世界最宏大山系的祖籍——青藏高原,一住十几年,直到红颜老去。

青藏高原是万山之父啊,它在给予我无数磨炼的同时,也附赠一个怪毛病——对山的麻木。从此,不单五岳无法令我惊奇,就连漓江的秀美独柱,阿尔卑斯的皑皑雪岭,对不起,一概坐怀不乱。我已经在少女时代就把惊骇和称誉献给了藏北,我就无法赞美世界上除了冈底斯山、喀喇昆仑山、喜马拉雅山以外的任何一座峰峦。朋友,请原谅我心如止水。由于没有恰如其分的回应,女作家也悄了声。山势越来越高了,蜿蜒公路旁突然出现了密集的房屋和人群。也许是为了挽救刚才的索然,我夸张地显示好奇:"这些人要干什么?"

这回轮到当地女作家淡然了,说:"卖茶。"

我来了兴趣,继续问:"什么茶?"

女作家更淡然了,说:"冻顶乌龙。"

我猜疑她的淡然可能是对我的小小惩罚,很想弥补刚才对玉山的不恭,马上兴致勃勃地说:"冻顶乌龙可是台湾的名产啊,前些年,大陆很有些人以能喝到台湾正宗的冻顶乌龙为时髦呢!说着,我拿出手袋,预备下车去买冻顶乌龙。"

女作家看着我,叹了一口气说:"就是爱喝冻顶乌龙的人,才给玉山带来了莫大的危险。她面色忧郁,目光黯淡,和刚才夸赞玉山风景时判若两人。"

"为什么呀?"我大不解。

她拉住我的手说:"拜托了,你不要去买冻顶乌龙。你喜欢台湾茶，下了山，我会送你别的品种。"

"冻顶乌龙为何这般神秘？"我疑窦丛生。

女作家说："台湾的纬度低，通常不下雪也不结霜。玉山峰顶，由于海拔高，有时会落雪挂霜，台湾话就称其'冻顶'。乌龙本是寻常半发酵茶的一种，整个台湾都有出产，但标上了'冻顶'，就说明这茶来自高山"。云雾缭绕，人迹罕至，泉水清冽，日照时短，茶品自然上乘。

"冻顶乌龙可卖高价，很多农民就毁了森林改种茶苗。天然的植被遭到破坏，水土流失。茶苗需要灭虫和施肥，高山之巅的清清水源也受到了污染。人们知道这些改变对于玉山是灾难性的，但在利益和金钱的驱动下，冻顶茶园的栽培面积还是越来越大。我没有别的法子爱护玉山，只有从此拒喝冻顶乌龙。"

女作家忧心忡忡的一席话，不但让我当时没有买一两茶，时到今日，我再也没有喝过一口冻顶乌龙。在茶楼，如果哪位朋友要喝这茶，我就把台湾女作家的话学给他听，他也就改换门庭了。

又一年，我到西北公差，主人设宴招待。我得知身边坐着的先生是植物学博士，赶紧讨教。说我乡下的院子里有一棵苹果树，很多年了，却从不结苹果。

"苹果树的树龄多大呢？"他很认真地询问。

"不知道。它是被我捡回家的，因为修公路，它就被人从果园连根刨起，几乎所有的枝丫都被人锯走当了柴火。我发现它的时候，它的根系干燥得只剩下拳头大的一小窝，完全是根烧火棒的模样。我把它栽到院子里浇上水，没想到几个月后它长出了绿色旗帜一般的新叶……"我说。

"植物的生命力比我们所有的想象都要顽强，只要你尊重它。"植物学博士说。

"可是，它为什么不结苹果呢？它会记人类的仇吗？它是否需要漫长的休养生息？"我问。

"植物是不会记仇的，它们比人类要宽宏大量得多。按照你说的时间计算，它该恢复过来了，可以挂果了。最大的失误可能是没有授粉，你的苹果树太孤独了……"植物学博士谆谆教诲。

我说："明年春天，我是向老乡讨来另一树上的花枝，向我家的苹果树示爱，还是再栽一株新的苹果树呢？"侍者端上了一道新菜，报出菜名"蜜盏金菊"。

纷披的金黄色菊花瓣婀娜多姿，奶油、蜂糖和矢车菊的混合芬芳，撩动着我们的眼睫毛和鼻翼，共同化作口中的津液。

"吃吧吃吧，这道菜是要趁热吃的，凉了就拔不出丝了。"主人力劝，大家纷纷举筷，遂赞不绝口。活灵活现的菊花，花瓣像千手观音，厨师好手艺啊！

植物学博士面色冷峻，一口未尝。多年当医生的经验让我爱多管闲事，一看到谁有异常之举就怀疑病痛在身。菜很甜，我悄声问："您不爱吃糖？"

没想到他大声回答："我不吃这道菜，并不是有糖尿病，我很健康。"

我一时发窘，不知他为什么义愤填膺。植物学博士继续义正辞严地宣布道："菊花瓣纤弱易脆，根本经不起烈火滚油。这些酷似菊花的花瓣，是用百合的根茎雕刻而成的。"

大家说："想不到你在植物学之外，对厨艺还有这般研究，一定是常常下厨吧。"

博士仍是一脸的冰霜,说:"对,我是常常下厨房,请厨师们不要再用百合了,但是,没有人听我的。所以,我只有不吃百合。"

餐桌上的气氛陡地肃穆起来。为什么?异口同声。

博士说:"百合花非常美丽,特别是一种豹纹百合,更是花中极品,象征着安宁和谐幸福。"

我失声道:"难道我们今天吃的就是插在花瓶中无比灿烂的百合吗?"

博士道:"豹纹百合和菜百合不是同一个品种,但属于一个大家庭,餐桌上吃的是百合的球茎。这几年,由于百合的食用和药用价值,人们对它的需求越来越大,越来越多的农民开始种百合。百合这种植物,是植物中的山羊。"

大家实在没法把娇美的百合和攀爬的山羊统一起来,充满疑虑地看着博士。

博士说:"山羊在山上走过,会啃光植被,连苔藓都不放过。所以,很多国家严格限制山羊的数量,因此羊绒在世界上才那样昂贵。百合也需生长在山坡疏松干燥的土壤里,要将其他植物锄净,周围没有大树遮挡……几年之后,土壤沙化,农民开辟新区种植百合。百合虽好,土地却飞沙走石。"

那一天那一桌的那盘美妙的蜜盏菊花,只被人动了几筷子,那是在植物学博士还没有讲百合就是山羊之前,嘴馋的人先下的手。

从此,我家的花瓶里,再没有插过百合,不管是西伯利亚的铁百合还是云南的豹纹百合。在餐馆吃饭,我再也没有点过西芹夏果百合这道菜。在菜市场,我再也没有买过西北出的保鲜百合，那些洗得白白净净的百合头挤压在真空袋子里，好像一些婴儿高举的拳头，在呼喊着什么。

一个人的力量何其微小啊。我甚至不相信，这几年中，由于我的不吃不喝不买，台湾玉山、阿里山上会少种一寸茶苗，西北的坡地上会少开一朵百合，会少沙化一筐黄土。

然而很多人的努力聚集起来，情况也许会有不同。我在巴黎最繁华的服装商店闲逛，见到地下室里很多皮衣在打折贱卖，价格便宜到你以为商家少写了几个零。我因惊讶而驻步，同行的朋友以为我图便宜想买，赶紧扯我离开，小声说："千万别买！在这里，穿动物皮毛是野蛮人的代名词。"

努力，也许就会有不可思议的力量出现。墙倒众人推一直是个贬义词，但一堵很厚重的墙要訇然倒下，是一定要借众人之手的。

我没有向我家的苹果树摇动另外的花枝，也没有栽下另外一棵苹果树，在长久的等待之后，它无声无息地结出了几个苹果，其味巨甜。